Luise Genesti

Bilder und Skizzen aus dem Leben

Erster Band

SALZWASSER VERLAG

Luise Genesti

Bilder und Skizzen aus dem Leben

Erster Band

Unveränderter Nachdruck der Originalausgabe von 1864.

1. Auflage 2022 | ISBN: 978-3-75259-629-8

Verlag: Salzwasser Verlag GmbH, Zeilweg 44, 60439 Frankfurt, Deutschland
Vertretungsberechtigt: E. Roepke, Zeilweg 44, 60439 Frankfurt, Deutschland
Druck: Books on Demand GmbH, In de Tarpen 42, 22848 Norderstedt, Deutschland

Bilder und Skizzen

aus

dem Leben.

Von

Luise Ernesti.

Zweite Ausgabe.

Erster Band.

Leipzig,
Fr. Wilh. Grunow.
1864.

Inhalt.

Seite.

Der Bettler

im grünen Gewölbe zu Dresden.

Inmitten jener mit Kunstwerken aller Art reich ausgestatteten und prachtvoll verzierten Säle des grünen Gewölbes zu Dresden, — inmitten jener hohen und weiten, mit Gold und Edelsteinen angefüllten Hallen, die uns die Wunder- und Zauberwelt der Mährchen „Tausend und Eine Nacht" zu vergegenwärtigen vermögen, da befindet sich ein kleines rundes Gemach — eine Art von Erker, das wohl hauptsächlich die Aufmerksamkeit jedes Fremden fesselt, hauptsächlich Geist und Phantasie anregt. Dort stehen und liegen nicht allein auf den Marmorplatten der drei kleinen Pfeilertische die reizendsten, aus Elfenbein und Ebenholz geschnitzten, aus Gold, Perlen und Edelsteinen gefertigten Figuren und Sachen, sondern alle von den mit Spiegelglas bekleideten Wänden vorspringenden Postamente, die hinauf bis zur gewölbten Decke steigen, tragen kleine Kunstwerke der kostbarsten und phantastischsten Art.

All diese Kleinodien sind nach Angabe des Herrn von Landsberg — Direktor des grünen Gewölbes — Geschenke, welche die frühern Fürsten des Sächsischen Königshauses von Verwandten oder Bekannten erhalten, — kleine Schätze, die namentlich Friedrich August der II. Zeit seines Lebens gesammelt.

Nicht ist es der Werth dieser Kostbarkeiten, der unsere Aufmerksamkeit erregt, nicht ist es allein die Kunst und Phantasie der Ausführung, die wir an ihnen bewundern, sondern der Gedanke, die Idee, welche sich daran knüpfen, sind es wohl vorzugsweise, was uns bei ihrem Anblick fesselt und uns diese kleinen Spielereien im Erker mit erhöhterm Interesse betrachten läßt, als viele der großartigen Kunstschätze, die die übrigen Räume des grünen Gewölbes bergen.

Daß aber all diesen Kleinigkeiten ein Gedanke, eine Idee zum Grunde liegt; — daß irgend ein Ereigniß, dem man bleibende Erinnerung geben wollte, ihren Ursprung veranlaßt und wohl die meisten dieser angesammelten Geschenke ihren tiefen Sinn und hohe Bedeutung gehabt, wird Niemand bezweifeln, der dieses Kabinet des grünen Gewölbes einmal betreten und sich, wenn auch noch so flüchtig, in jener kleinen Welt des Witzes und der Phantasie umgeschaut hat.

Es ist nur lebhaft zu bedauern, daß eben in dieser kleinen phantastischen Wunderwelt keine Fee weilt, die vermittelst ihres Zauberstabes den Schleier des Geheimnisses heben könnte, mit dem der Lauf von Jahrhunderten diese Schätze so dicht umwoben. Wie interessant müßte es sein, jene Ereignisse der Vergangenheit zu erfahren, die den Ursprung dieser Kostbarkeiten veranlaßt!

Von all den reizenden, komischen und tragischen, aus Elfenbein geschnitzten Figuren, die sämmtlich Portraitfiguren früherer Zeiten gewesen sind, kennt man jetzt nicht mehr die Namen, nur eine feine niedliche Gestalt, die arbeitend an einem reich mit Brillanten verzierten Klöppelkissen von blauer Emaille sitzt, wird uns als „Barbara Uthmann“ bezeichnet, welche die Kunst des Spitzenklöppelns im Sächsischen Erzgebirge eingeführt; auch der berühmte Theosoph Jakob Böhme ist der Glückliche, der dem Schicksal der Vergessenheit entgangen.

Größeres Interesse als Barbara Uthmann und Jakob Böhme flößen wohl Jedem, die in der Nähe dieser Beiden stehenden Figuren ein, nämlich die verschiedenen kunstvoll gearbeiteten Gestalten der so berühmten Bettler des grünen Gewölbes, — vor Allen erweckt aber der Eine das regste Interesse, dessen edles feines Antlitz nur die Spuren tiefen Seelenleids und herben Kummers trägt! Wie verräth Alles an ihm, daß er andere, daß er bessere Tage gekannt, — wie trägt seine Haltung, seine Geberde den deutlichen Stempel, daß dieser Bettler — kein Bettler — nur ein Bittender, ein Flehender ist! —

Schon der flüchtigste Blick auf jene seltsame Bettlerschaar, unter der der Eine sich durch seine aristokratische Erscheinung sofort auszeichnet, erregt eine Welt von Gedanken! — — — Bettler unter den Schätzen des grünen Gewölbes, — Bettler, die man einem Fürsten geschenkt! —

Wie seltsam contrastirt die Pracht der Ausstattung dieser Figuren gegen das Gewerbe, das sie treiben! Zerrissne Gewänder, mit Brillanten besetzt — durch Haltung und Geberde um Gaben flehend und dabei auf goldnen Boden stehend! — Bei diesem Anblick leuchtet uns sofort ein, daß diese Männer, die mit Edelsteinen bedeckt sind, nicht um Geld bitten.

Mit Meisterhand sind alle bösen Leidenschaften in die Gesichter der Bettler gelegt und nur der Eine trägt den Stempel geistiger Aristokratie in seinen Zügen. Wie lang, wie aufmerksam ich nun auch in dieses eine durchgeistigte Antlitz schaute, — die festgeschlossenen Lippen dieses feingeschnittenen Mundes, um die solch tiefes Weh zuckt, öffneten sich nicht, um mir das Leid einzugestehen, das seine Seele einst erduldet haben muß, um sich so klar in jedem Zuge seines Gesichts wieder spiegeln zu können; wie lang, wie aufmerksam ich auch die klare freie Stirn betrachtete, — in Dunkel gehüllt blieben mir vorläufig die Ereignisse, die einst Schatten auf sie geworfen und Furchen des Kummers und Schmerzes in diesem jugendlichen Antlitz gezogen.

Die Führer des grünen Gewölbes wissen nichts Näheres anzugeben über den Ursprung der Idee: Bettler mit Edelsteinen verziert, darzustellen; — man erfährt von ihnen nur: daß diese Figuren, wie überhaupt der größte Theil dieser kostbaren Kleinodien und phantastischen Spielereien aus der Zeit August des Starken stammen, daß sie nach seinem

Tode aus seiner Privatsammlung in das grüne Gewölbe übergegangen sind, das, wie bekannt, diesem Sächsischen Fürsten seine Entstehung verdankt.

Ich bin oft in das grüne Gewölbe gegangen und habe zu wiederholten Malen in dem kleinen runden Gemache gestanden, in dem sich der interessante Bettler befindet. Ob Ahnung mich hingetrieben, dort einmal Etwas über seine vergangenen Schicksale zu erfahren; kann ich nicht bestimmt sagen — ich folgte einzig dem Impulse, der mich immer und wieder zu jener Stätte zog.

Jeder, der das Gefühl kennt, ausschließend mit einem Gedanken beschäftigt zu sein, wenn auch andere Dinge der Außenwelt uns veranlassen, ihnen Aufmerksamkeit zu widmen, wird wissen, in welches Erstaunen es uns zu versetzen vermag, plötzlich Etwas zu vernehmen, das mit unsern geheimen Gedanken in Verbindung steht.

In dieses Erstaunen versetzte mich eines Morgens im grünen Gewölbe ein kurzes, in meiner Nähe geführtes Gespräch; ich hörte plötzlich die Frage: „Ist dieses das Zimmer, in dem der Bettler ist?"

Lebhaft wandte ich mich um und sah in dem großen Saale, an den das kleine runde Gemach grenzt, einen alten Herrn und eine junge Dame.

„Die Bettler sind in jenem Erker!“ entgegnete der Führer und begann dann seine erläuternden Bemerkungen zu den Kunstwerken im Saale.

„Lassen Sie uns jetzt endlich den Bettler sehn!“ rief die junge Dame und der Herr setzte hinzu: „Alles Andere hat weniger Interesse für uns, zeigen Sie uns den Bettler!“

„Es sind Mehrere!“ sagte der Führer und geleitete die Fremden zu den Bettlern.

„Da ist Er, Großvater!“ rief das Mädchen und deutete auf denselben Bettler, der stets mein Interesse erregt. Wie steigerte sich dieses Interesse, als ich die tiefe Bewegung bemerkte, mit der die Fremden jene Figur betrachteten, — ich einzelne Worte hörte, welche mir deutlich verriethen, daß sie die Schicksale dieses Mannes kannten! — — —

Wie gern man auch in einzelnen Fällen des Lebens Etwas wissen möchte und wie nah man sich auch oft an dem Quell der Aufklärung befindet, die Frage muß unterbleiben, weil sie eben der Form und Etiquette halber nicht ausgesprochen werden kann und darf. Auch die Meinige unterblieb! —

und ich dachte an dem Morgen, wo ich sie unterließ, nicht, daß ich schon am Abend desselben Tages die Schicksale des Mannes erfahren würde, der, — obgleich er der Nachwelt als Bettler überlassen, meiner festen Ueberzeugung nach, seinen Zeitgenossen nie als Solcher gegenübergestanden! — — —

Auf der Altane des Jagdschlosses Moritzburg bei Dresden begegnete ich am Nachmittage den Fremden, die ich Morgens im grünen Gewölbe gesehn; ihre Unkenntniß der Lokalität veranlaßte sie, sich an mich zu wenden und sie schlossen sich meiner Schwester und mir an, die wir im Begriff standen, das Innere des Schlosses zu besichtigen.

Bei diesem Gange durch die Säle und Zimmer von Moritzburg beurkundeten die Fremden ein ungewöhnlich tiefes Interesse an der schönen Aurora von Königsmark, der einstmaligen Bewohnerin dieser Räume. Solches Interesse würde mich weniger in Erstaunen versetzt haben, wenn sich bei Beiden nicht deutlich gezeigt hätte, daß es nicht ohne die traurige Beimischung einer schmerzlichen Erinnerung sei. Aurora von Königsmark ist und bleibt wohl hauptsächlich der Magnet, der alle nach Dresden kommenden Fremden nach Moritzburg zieht; es interessirt Jeden, die alten Hallen des fürstlichen Jagdschlosses zu sehn, in die jene berühmte Schönheit Schwedens so stolz und siegreich eingezogen, — wo sie eine Zeit lang in Glanz und Ueppigkeit geherrscht, — wo sie an der Seite eines schönen liebenswürdigen Fürsten eine Zeit des Glücks verlebt und dann — gebrochen und zerknirscht, gedemüthigt und verzweifelt die glänzenden Hallen dieses einsamen Schlosses verlassen, um im bunten und geräuschvollen Treiben der Welt zu finden, — was sie Zeit ihres übrigen Lebens vergeblich gesucht — „Vergessenheit jener kurzen, flüchtigen, in Moritzburg verlebten Stunden des Glücks.“

Wohl Niemand hat in Moritzburg vor dem Bilde der schönen Aurora von Königsmark gestanden, ohne ihr Schicksal beklagt zu haben, namentlich wenn man ihr fortgesetzt trauriges Geschick auf Erden kennt: „für wenige Groschen in der Stiftskirche zu Quedlinburg jedem Fremden gezeigt zu werden!“ — —

Wie man sich jetzt in Quedlinburg mit Entsetzen von dieser zusammengeschrumpften Mumie abwendet, die einige Fetzen halbvermoderten verblaßten Seidenstoffs bedecken — mit solchem Entzücken schaut man in Moritzburg in das schöne, geistvolle, lebenswarme

Antlitz der gefeierten jungen Schwedin und der Anblick läßt uns nicht an den Triumphen zweifeln, die dieses von der Natur so reich begabte Wesen überall geerntet, wo sie erschienen.

Als ich bewundernd vor diesem Bilde stand, das bis vor Kurzem eine Hauptzierde von Moritzburg war, sagte der alte Herr: „Und dieses Bild ist nur der schwächste Abglanz des Portraits, das ich von Gräfin Königsmark auf meinem Gute in Schweden habe; jenes Bild beweist wirklich, daß alle Chronisten Recht haben, die Aurora von Königsmark eine Schönheit zuschreiben, wie sie vor und nach ihr wohl wenige Damen besessen.“

Ich fragte, wie er in den Besitz des Bildes gekommen sei und erfuhr, daß es einer seiner Vorfahren im Jahre 1696 von der Tante Aurora's, der Feldmarschallin von Königsmark erhalten.

Als ich des traurigen Geschicks erwähnte, das diese einst so hochgefeierte Schönheit jetzt in Quedlinburg hat, sprach der alte Herr ernst:

„Ueber diese Schönheit, die das Verderben so Vieler gewesen, ist einmal in Schweden ein entsetzlicher Fluch ausgesprochen worden und es scheint, als ob jene fürchterlichen Worte der Gräfin Königsmark das Schicksal lange nach ihrem Tode bereitet haben, was sich während der Dauer ihres Lebens nicht erfüllt!"

Auf meine Frage, ob er wisse, wer Aurora von Königsmark so gehaßt, um solchen Fluch über sie aussprechen zu können, erhielt ich die Antwor:

„Die Schwester des Bettlers im grünen Gewölbe zu Dresden!"

Eine gewisse Bitterkeit im Ton, mit der diese mystische Antwort gegeben wurde, ließ mich nicht weiter fragen — ob ich den Zusammenhang der Geschicke Aurora's von Königsmark und des Bettlers erfahren hätte, wenn sich nicht der Zufall mit meiner Neugierde verbunden, weiß ich nicht!

Finster und drohend stiegen dunkle Wolkenmassen über dem Walde von Moritzburg auf, als wir das Schloß verließen; wir glaubten, noch vor Ausbruch des Wetters den Schloßgarten ansehen zu können; doch unter heftigen Blitz und starken Donner durcheilten wir schon die seltsam geformten Taxusalleen dieses alterthümlichen Gartens und mußten vor dem plötzlich herabströmenden Regen in einem halbverfallnen verwüsteteten Pavillon Schutz suchen. In diesem einst mit asiatischer Pracht ausgestatteten Pavillon, wo sich der glänzende Hofstaat August des Starken bei den üppigen und verschwendrischen Festen von Moritzburg um ihn und Aurora von Königsmark gereiht, — dort stehen und liegen jetzt in buntem Durcheinander Gartengeräthschaften, Sämereien, und zwischen halbvertrockneten Pflanzenbüscheln ragen die Ueberreste jener griechischen Gottheiten hervor, die vor Zeiten Garten und Wald geschmückt und welche mit ihren steinernen Zügen ruhig auf das bunte Gewühl der Feste geschaut, das so manches Herz unruhiger schlagen gemacht.

Als wir nach ungefähr einer Stunde diesen Pavillon verließen, kannte ich die Geschichte des Bettlers im grünen Gewölbe.

Mit wie viel größerm Interesse stand ich später auf der Altane des Schlosses und als die goldenen Strahlen der untergehenden Sonne den tiefdunkeln Wald von Moritzburg durchleuchteten — die Purpurglut der Abendwolken den klaren Spiegel des großen See's mit rosigem Scheine übergoß, da glitten die Bilder aus alten Zeiten im bunten, farbenreichen Wechsel an mir vorüber und es war mir eigen, war mir sonderbar, an der Stelle zu stehn, wo Aurora von Königsmark vor fast zwei Jahrhunderten zum letztenmale die Flehensworte eines Mannes vernommen, der sie im Taumel ihres Glücks an das kommende Unglück ihres Lebens gemahnt.

Was dem Mann veranlaßt, offen und ohne Rückhalt zu sprechen, wo alle Andern in Demuth und Ergebenheit geschwiegen; — wie Diejenige den ersten Schatten am hellen Gemälde ihres Glücks aufgenommen, Das ist in Nachstehendem enthalten.

Erstes Kapitel.

In einem der mit antiker Pracht ausgestatteten Zimmer des gräflichen Schlosses Königsmarkhof, auf dem Ladugårdsland, in Schweden gelegen, saßen im April des Jahres 1683 zwei Frauen am Klöppekissen und während unter ihren geschickten Händen das reiche Gewebe einer feinen und kunstvollen Spitze entstand, lauschten sie aufmerksam den Worten eines jungen Mannes, der mit Beredtsamkeit seinen schwedischen Landsmänninnen die Schönheit Italiens und Spaniens schilderte, welche Länder er kürzlich bereist hatte.

Die Eine der Frauen, eine zarte feine Blondine mit weichen Zügen und lichtbraunen, träumerischen Augen war die Besitzerin des Schlosses, die Gemahlin des Feldmarschall Otto Wilhelm Grafen von Königsmark und Tochter des Reichsdrosten de la Gardie; die Andere, eine große Brünette mit dunkelglänzendem Auge und dem Ausdruck einer Norne, war ihre Gesellschafterin und Freundin, Anna Agriconia, die Tochter eines Landgeistlichen, die seit der Heirath der Gräfin ihren festen Wohnsitz auf Königsmarkhof genommen.

Königsmarkhof, in frühern Zeiten Luftthal genannt und von dem berühmten Architekten de la Vallée erbaut, nach dem es im Munde des Volkes einfach „Vallée's Bauplatz" hieß, war vom Feldmarschall Königsmark, der es mit andern Gütern in Schweden als Erbtheil von seinem Vater erhalten, neu ausgebaut und bedeutend verschönert worden, als er sich 1682 mit Charlotte de la Gardie verheirathete.

Der Feldmarschall Otto Wilhelm von Königsmark, war der jüngste, zu der Zeit noch einzig lebende Sohn des berühmten Marschall Hans Christoph von Königsmark, dem seine Kriegsthaten den Namen: „Schwedens Hannibal" verschafft und der seinen Söhnen außer bedeutenden Gütern in Schweden, Ehstland, Liefland und Deutschland ein jährliches Einkommen von 130,000 Reichsthalern hinterlassen.

Der zweite Sohn dieses Marschall war dem Vater bald gefolgt.

Der älteste Sohn, Graf Conrad Christoph, hatte sich von Jugend auf der militairischen Laufbahn gewidmet, glänzende Carrière gemacht, war Generalmajor, Feldzeugmeister und Vicegouverneur von Bremen gewesen, welches Land er selbst seinem Könige erobert; er hatte, um im Heere des Prinzen von Oranien zu kämpfen, all seine Würden und Aemter in Schweden niedergelegt und war in holländische Dienste getreten, wo eine feindliche Kugel* bei der Belagerung von Bonn seinem thatenreichen Leben ein Ende gemacht.

Der jüngste Sohn des Marschall's, Graf Otto Wilhelm, schien Anfangs der Carrière seines Vaters und Bruders abgeneigt; er ergab sich als Jüngling einzig dem Studium der Wissenschaften, brachte eine Reihe von Jahren auf Deutschlands und Frankreichs Hochschulen zu; erwählte dann aber auch die militairische Laufbahn und trat bald als Unterhändler verschiedener Mächte in den Kabinetten der Fürsten auf, bald als Befehlshaber von Armeen und schwang sich bis zum Feldmarschall empor. Nachdem er ganz

Europa durchstreift, fesselte die Liebe ihn an sein Vaterland und zum Erstauen Aller, die sein unstätes Leben kannten, zog er sich mit seiner jungen Gemahlin auf Königsmarkhof, ein einsames Landgut, zurück. Dort lebte er fast ein Jahr in tiefster Abgeschiedenheit nur seinem Glücke, seiner Liebe und erst die dringende Bitte seiner Schwägerin, der Wittwe seines ältesten Bruders, die auf Schloß Agathenburg bei Stade lebte, entriß ihn seiner selbst gewählten Einsamkeit; sie schrieb ihm, daß sie seines Rathes in wichtigen Familienangelegenheiten bedürfe und der Feldmarschall reiste.

Nach mehrwöchentlicher Trennung erhielt die Gräfin Charlotte von Königsmark einen Brief von ihrem Gemahl, in dem er ihr seine baldige Rückkehr anzeigte und zugleich den Besuch seiner Schwägerin meldete.

Seit mehreren Tagen erwartete die Schloßherrin schon vergeblich ihre Gäste und auch an dem Tage, gegen Ende April, schweifte ihr Blick mitunter aus dem Fenster, in der Hoffnung: endlich eine Spur der Ankommenden zu erblicken.

Dem jungen Manne, der den beiden Frauen

gegenübersaß, entging nicht dieser Blick der Gräfin, der so sehnsuchtsvoll in die öde Ferne schaute, und als er gewahrte, wie traurig das Auge nach mancher getäuschten Hoffnung wurde, sagte er tröstend: „Sie können noch immer auf die Ankunft Ihres Herrn Gemahls rechnen, Frau Gräfin!“

„Heute wohl nicht mehr!“ entgegnete sie seufzend, „es ist schon so spät, fast dunkel.“

„Noch nicht so dunkel, wie Sie glauben!“

„Sie wollen mich trösten, Baron Akerjhelm! — ach, ich wünschte, Sie oder Anna könnten mich von meiner Todesangst befreien!“

„Sie ängstigen sich und weshalb?“ rief er lebhaft.

„Welcher Kummer belastet Deine Seele?“ fragte Anna Agriconia langsam und ernst.

„Ich fürchte, daß die Reisenden ein Unglück auf der Ueberfahrt gehabt!“

Anna Agriconia bat eindringlich: die Gräfin möchte solchen Gedanken nicht Raum geben und vertrauensvoll das Geschick der Ihrigen in die Hand des Höchsten legen; die Schloßherrin meinte: „Ach,

Anna, Du weißt nicht, wie Einem um's Herz ist, wenn man das Liebste von der Welt in Gefahr weiß."

„Das wüßte ich nicht?" fragte Anna staunend und ihr Blick wandte sich nach dem jungen Manne, dessen Auge jetzt so sinnend und gedankenvoll an einem Portrait hing, daß er das Gespräch der Frauen überhörte.

Als sie bemerkte, wie fest der Blick auf dem Bilde ruhte, das ein junges Mädchen von blendender Schönheit darstellte, wurde ihr ernstes Gesicht düster und ihr Auge hob sich mit solch verzweifeltem Ausdruck gen Himmel, daß Dieser im lebhaftesten Gegensatze zu dem Gottvertrauen stand, welches sie eine Sekunde zuvor der bangenden Freundin empfohlen.

Gräfin Königsmark sah ebenfalls, wie das Auge des jungen Mannes an dem Portrait gebannt war und durch diese Wahrnehmung von ihren Gedanken abgezogen, rief sie: „Es scheint, liebe Anna, daß unser starrköpfiger Weiberfeind durch das Engelsantlitz Aurora's bekehrt werden wird."

„Das wolle der allmächtige Gott gnädig verhüten!" entgegnete Anna heftig und begann nach dieser Entgegnung so eifrig zu arbeiten, daß die Klöppelhölzer klappernd gegeneinander schlugen.

„Anna ist förmlich entsetzt, daß es meiner Nichte gelingen könnte, Ihr kaltes Herz in Flammen zu versetzen!“ entgegnete die Gräfin lachend und fügte neckend hinzu: „Ich glaube, meine Freundin hat Anlage zur Eifersucht.“

In Anna's Augen traten Thränen; sie drängte sie zurück und neigte ihr bleiches Antlitz tiefer über das Klöppelkissen.

„Anna handelt ihrem Charakter gemäß und nimmt Scherz für Ernst!“ erwiderte Akerjhelm ruhig.

„Nein, nein, ich scherze nicht! ich finde wirklich, Sie betrachten meine Nichte jetzt schon freundlicher, als am Tage Ihrer Ankunft!“

„Ich verglich soeben die kindlichen Züge dieses Bildes mit den Urtheilen, die ich über Ihre Fräulein Nichte gehört!“

„Diese Urtheile lauteten doch hoffentlich günstig! Aurora ist ja die gefeierte Königin aller Feste, die Besiegerin Aller Herzen, — mein Mann schreibt mir, daß sie beinah täglich die ehrenvollsten Anträge erhielte.“

„Ich hörte auch, daß Gräfin Aurora sehr gefeiert sei!“ entgegnete er ausweichend.

„Sie erfuhren aber auch Anderes über sie! sagen Sie es mir offen, lieber Baron!“

„Ich hörte, daß Ihre Fräulein Nichte schön sei, hörte, — daß sie klug, talentvoll — kurz — ein Engel an Vollkommenheit!“

„Und was noch, Baron Akerjhelm? — Jedenfalls war bei diesem Gemälde des Lichts ein Schatten.“

„Ein tiefer, dunkler Schatten!“ antwortete er ernst, „so dunkel, daß er in meinen Augen das lichte Bild zu tief umhüllte!“

„Nennen Sie mir diesen Schatten!“

„Man sagte mir: Gräfin Aurora sei eben so eitel, wie schön, eben so herzlos, wie klug, eben so kokett, wie liebenswürdig.“

„Und Sie glaubten Das von einem sechszehnjährigen Mädchen? — Sie dachten nicht daran, daß man Dergleichen jeder gefeierten Dame nachsagt!“

„Ich hörte solches Urtheil nie über die Gräfin Charlotte de la Gardie!“ erwiderte der junge Mann verbindlich.

Die Gräfin erröthete und sagte bescheiden: „Ich

war auch nie solcher Stern erster Größe, wie Aurora und die Auszeichnungen, die mir zu Theil wurden, bewies man mir wohl aus Rücksicht gegen meinen Vater, — aus Rücksicht gegen meine Cousine, die Königin."

„Wenn Frau Gräfin solche Gründe anführen, so möchte ich Sie bitten, auch bei einem großen Theil der Anträge, die Ihrer Fräulein Nichte gemacht worden, das fürstliche Vermögen der Königsmark'schen Familie in Anschlag zu bringen, — zu bedenken, welch brillante Parthie Gräfin Aurora ist!"

Die Züge der Schloßherrin verdunkelten sich, sie wiederholte mit leichter Bitterkeit: „Fürstliches Vermögen?" — und setzte erregt hinzu: „Wissen Sie nicht, daß die Krone wieder die Güter an sich reißt, mit denen sie einst die Verdienste der Königsmark's belohnt! hörten Sie in Stockholm nicht von der Reduktion? — Wie einst mein Vater sein großes Vermögen durch einen raubgierigen König verlor, so schont man jetzt nicht die Familie, der ich nun angehöre und vergißt gänzlich bei Hofe, welche Dienste die Grafen Königsmark dem schwedischen Reiche geleistet. — Dienste wie sie wohl selten ein Unterthan seinem Könige leisten kann! — Ein großer Theil unserer Revenuen ist uns schon vom Staate genommen und fast scheint, als wollte man uns Alles entziehen, das doch unser rechtmäßiges Eigenthum ist, und an welches Vermögen die Krone nicht den geringsten Anspruch hat."

Gräfin Königsmark hatte diese letzten Worte lebhafter gesprochen, als ihr im nächsten Augenblicke lieb war; hatte sie außerdem gegen einen Mann ausgesprochen, der dem Könige unendlich viel verdankte. Um ihm das Peinliche seiner Lage nicht fühlbar zu machen, erhob sie sich rasch und verließ das Zimmer.

Die beiden Zurückbleibenden verharrten lange Zeit in tiefem Schweigen, die Dame arbeitete, der Herr hatte ein Buch ergriffen, in dem er las; erst als die einbrechende Dunkelheit das Fortweben an der feinen Spitze unmöglich machte, legte sie das Klöppelkissen bei Seite und trat ihm nah. Er erhob sich, schlang ihren Arm durch den seinen und sagte lächelnd: „Laß uns thun wie in vergangenen Tagen, Anna! wie im Pfarrhause zu Hyllenskiöld!"

Die strengen, fast harten Züge des Mädchens wurden weicher; sie lehnte eine Sekunde ihre Stirn gegen die Schulter des jungen Mannes und schritt dann langsam neben ihrem Führer her, der sie still und stumm durch das hohe und weite Gemach leitete, das von Sekunde zu Sekunde sich immer tiefer umdunkelte, bis endlich das Mondlicht sich durch die in Blei gefaßten Scheiben des hohen Bogenfensters Bahn brach.

Jedesmal wenn die Auf- und Abwandelnden an die Stelle kamen, wo das Bildniß Aurora's hing, das hell ein schmaler Lichtstreif des Mondes umleuchtete, so warf das Mädchen einen flüchtigen Blick darauf, während ihr Begleiter mit gesenktem Auge daran vorüberging und sein Geist offenbar mit andern Dingen beschäftigt schien, als denen seiner Umgebung. Plötzlich sagte er, aus seiner Träumerei erwachend:

„Also ist es doch wahr, was ich in Stockholm hörte und auch die Königsmark'schen Güter sind in der allgemeinen Reducirung eingeschlossen?"

„Ich glaube, daß Das auch der einzige Grund ist, weshalb die Königsmark'sche Familie Agathenburg verläßt!" entgegnete die Dame.

„Die Gräfin wird durch ihr Erscheinen bei Hofe Nichts ausrichten; man ist schon zu weit vorgeschritten, um zurückgehen und mit einzelnen Familien Ausnahmen machen zu können!"

„Den Agathenburger Königsmark's gönne ich diesen Verlust, namentlich den verwöhnten jungen Fräuleins, die ja an allen deutschen Höfen mit einer Pracht auftreten, als wären sie Fürstinnen."

„Woher schreibt sich Dein hartes Vorurtheil gegen die Familie Deiner Freundin und Gönnerin, liebe Anna?" fragte der junge Mann ernst.

„Eben weil Charlotte, dieses engelgleiche Geschöpf, von ihrer Schwägerin nicht geliebt wird und Gräfin Königsmark es ihrem Schwager nie vergessen wird, daß er sich als Mann von dreiundvierzig Jahren noch verheirathet; sie rechnete schon ganz sicher darauf, daß ihre verschwenderischen Kinder seine Erben würden."

„Du hast aber ein ganz besonderes Vorurtheil gegen die junge Gräfin Aurora! Haßt sie auch ihre Tante?"

„Ach nein, Aurora von Königsmark ist mir aus andern Gründen unangenehm?"

„Darf ich sie kennen, meine liebe Anna."

Das Mädchen warf sich mit stürmischer Leidenschaft an seine Brust und rief unter Schluchzen:

„O, Samuel, Deinetwegen, — nur Deinetwegen fürchte, — hasse ich Aurora!“

„Meinetwegen? — Unmöglich, Anna! — was that sie mir? — sie kennt mich ja nicht, weiß nicht, daß ich lebe.“

„Sie wird Dich aber kennen lernen, sie wird Dich in ihr Netz ziehen — Du wirst sie lieben und — o, Samuel, Du wirst elend durch sie werden!“

Anna sprach die letzten Worte mit dem Ausdruck tiefen, herben Seelenschmerzes, daß Der, an den sie gerichtet, unwillkürlich erbebte; er sah eine Sekunde fest und forschend in das bleiche Gesicht des Mädchens und fragte dann leise:

„Hattest Du einen Deiner prophetischen — einen Deiner furchtbaren Träume, Anna?“

Sie schwieg, starkes Zittern durchflog ihre Glieder und erst als die Frage lauter, dringender, in fast flehendem Tone wiederholt wurde, neigte sie langsam und bejahend ihren Kopf.

„Erzähle mir Deinen Traum!“

„O nein, Samuel, verlange Das nicht.“

„Ich verlange es, Anna — und will ihn wissen!“

uebte bloß der ruhige, ernste Ton seiner Stimme, der keinen Widerspruch zuzulassen schien, Wirkung auf sie aus, oder wußte das Mädchen aus Erfahrung, daß sie vor seinem Willen keinen Willen hatte — sie begann nach kurzer Pause:

„Seit drei Nächten sah ich ein großes klares Wasser, das grüne, lachende Ufer hatte und über dem sich heiter und tiefblau der reine Aether des Himmels wölbte! inmitten dieses Wassers befand sich eine Insel, die auf dem festen, sichern Grunde granitner Felsen ruhte! — Alles auf diesem Eilande stand in herrlichster Blüthenpracht und Du lagst im Vordergrunde auf weichem Rasen unter hohen Bäumen, deren mächtige Blätterkronen Dich vor den Strahlen der Sonne schützten, hell und glänzend aber den Platz umleuchteten, wo Du Dich befandest. Weiße Blüthen fielen von den Bäumen, wie Schneeflocken auf Dich nieder, — Blätter und Blüthen der farbenreichsteu Art trug der Wind von Büschen und Blumen zu Dir hin, der Du in träumerischer Ruhe Dein Glück genossest! — Da plötzlich glitt ein kleines Fahrzeug über den klaren Wasserspiegel und in ihm saß, von Rosen umkränzt, ein junges Mädchen von überirdischer Schönheit;

sie nahte Deiner Insel, umkreiste sie lachend und umschiffte sie so lange — bis Du sie endlich voll Liebe und Sehnsucht anschautest — —"

Anna hielt bei diesen Worten inne, rang nach Athem; der junge Mann rief lachend: „Der Traum ist ja herrlich!" und unwillkürlich erhob sich sein Auge zu dem Bilde Aurora's, an dem sie gerade vorübergingen. Anna Agriconia sah diesen Blick und fuhr düster fort: „Das Mädchen im Kahne hatte dieses Antlitz, diese Gestalt und als sie Dich verließ — ihr Nachen vom Ufer Deiner Insel abstieß und ihr Auge fest auf den schäumenden Wellen des Stromes ruhte, den ihr Schiffchen im Fluge durchschnitt, da — — o da, Samuel, rangst Du die Hände und dann stürztest Du Dich in diese Fluth und folgtest der Fliehenden. Lieblich lächelnd schaute sie dann und wann zu Dir nieder; doch — sowie Du sie erreicht, gab sie ihrem Nachen eine geschickte Wendung, mit der sie entglitt. — So ging es eine Weile fort — dann erhob sich ein Sturm — Wolken umdüsterten den Horizont, ihr Nachen wurde hin und her geschleudert, — Du kämpftest mit dem erregten Elemente, suchtest, sie zu erreichen! — erfaßtest ihre Hand — da riß sie sich los —

versank in der Fluth und die Wellen schlugen über ihr zusammen. Lange Zeit sah ich nur diese schäumenden, brausenden Massen, — dann aber erblickte ich von Neuem alles Frühere — Deine Insel — Dich — auf dem Strome den Kahn und das schöne Mädchen; doch wie verändert war das Bild! — — Die Ufer des Stroms waren jetzt nicht mehr grün und lachend; sondern kahl und öde, — der Sammtteppich Deines Rasens war verschwunden, Du standest auf harten Steinen und neben Dir wucherten Disteln und Dornen; nur die Bäume waren noch dicht belaubt und gewährten kühlenden Schatten — sie trugen statt der Blüthen goldne Früchte und es tauchten Gestalten auf, die sie Dir zeigten. Du beachtetest weder diese Menschen, noch diese Früchte — Dein Auge hing einzig an dem kleinen Fahrzeug des Mädchens, das geschickt zwischen Wellen und Wogen hindurchglitt; — Sie sah Dich nicht ein einziges Mal an — ihr Blick haftete fest auf einer goldenen Krone, die zwischen Wolken immerfort vor ihr her schwebte."

Die Erzählerin schwieg und blickte angstvoll in das Auge des vor ihr stehenden Mannes. Mit erkünstelter Ruhe sagte er: „Das Ende ist nicht so gut, wie der Anfang, liebe Anna, und möchte der Traum daher nur Traum bleiben!"

„Das gebe Gott! — Aber, lieber Samuel, willst Du nicht das Deinige thun, damit der Traum nicht Wahrheit werden kann."

„Was sollte ich thun?"

„Königsmarkhof verlassen, ehe Aurora kommt."

„Die Gräfin weiß, daß ich noch sechs Wochen Urlaub habe und diese Zeit bei Dir zubringen wollte; außerdem, liebe Anna, freute ich mich so auf unser Zusammensein! — ich war ja fast zwei Jahre fern von Dir."

„Mir sind diese zwei Jahre lang wie zwanzig erschienen, Samuel."

„Und doch kannst Du mich jetzt fortschicken?"

„Ich würde verzichten, Dich je wiederzusehn, wenn ich damit das Glück Deines Lebens erkaufen könnte."

Diese Antwort rührte den jungen Mann tief; er wußte, daß er das einzige Lebensglück des Mädchens war und sagte daher bewegt: „So will ich denn abreisen, um Dich zu beruhigen! — Morgen erhalte ich ja Briefe aus Stockholm und da werde ich der Gräfin sagen, daß unter diesen ein Schreiben meines Ministers gewesen, das mich schleunigst zu ihm bescheidet, und sie wird an der Aussage nicht zweifeln."

„Morgen schon! — ach nein, morgen, — einen Tag will ich Dich noch sehen, sprechen!"

„Und wenn dann Deine gefürchtete Circe kommt, die mich verlockt?" fragte er lachend.

„Das wird Gott verhüten!"

In dem Augenblick fuhr ein Wagen donnernd über die Zugbrücke des Schlosses, laut schlugen die Hunde an.

„Großer Gott, sie sind's!" rief Anna Agriconia mit herzzerreißendem Tone, „es ist Aurora, — Aurora von Königsmark, die Nacht, Nacht des Elends in Dein Leben bringen wird!"

„Anna, Du bist thöricht!"

„Fort, fort, Samuel — ich bitte Dich, reise, sieh sie nicht!"

„Ich reise jetzt nicht, Anna!"

„Wie? Du willst sie sehen, sprechen! o, nur Das nicht, reise — reise gleich!"

„Gewiß nicht! Soll ich mich so lächerlich machen und vor einem sechzehnjährigen Mädchen die Flucht ergreifen? — Nein, Anna, ich bleibe und werde Dir beweisen, daß Aurora von Königsmark, die Alle bezaubert — mein Herz kalt lassen wird."

Zweites Kapitel.

Die Gräfin Marie Christine von Königsmark, Wittwe des ältesten Sohnes des Marschalls, hatte seit dem Tode ihres Mannes — seit fast zehn Jahren — theils auf dem Schlosse Agathenburg bei Stade und in Hamburg gelebt, theils verschiedene deutsche Höfe besucht, mit deren Herrschern sie durch ihre Mutter, die eine geborne Prinzessin von der Pfalz, nahe verwandt war. Von ihren fünf Kindern lebten um's Jahr 1683 noch zwei Söhne und zwei Töchter; sie hatte ihnen eine ausgezeichnete wissenschaftliche Erziehung gegeben und Allen ein Wesen und Benehmen anzueignen gewußt, wie es fürstlichen Personen geziemt. Sie glaubte, diese Kinder, vermöge ihres Ranges und Standes, zu den höchsten Ansprüchen berechtigt, sie wähnte sie, vermöge ihres Reichthums so gestellt, diese Ansprüche im Leben befriedigen zu können! — Bei ihren Söhnen hatte sich bereits herausgestellt, daß sie echte Königsmark waren; sie hatten die ritterlichen Tugenden ihrer Vorfahren geerbt, — geerbt aber auch deren Fehler: den Hang zu unstetem, abenteuerlichem Leben — die Neigungen zu Pracht, Ueppigkeit und Verschwendung.

Der älteste Sohn, Graf Karl Johann von Königsmark, hatte sich schon in frühster Jugend durch verwegene, an Tollkühnheit grenzende Thaten der Tapferkeit ausgezeichnet — auf Malta so heldenmüthig gegen die Türken gekämpft, daß, obgleich er Protestant war und sonst nie Protestanten gestattet wurde, das Ordenskreuz der Maltheserritter zu tragen, — der Großmeister des Ordens, Raphael Cotoner, ihm selbst dieses Kreuz an der Brust befestigt und als Beweis seiner Tapferkeit zu tragen erlaubt.

Nachdem er Malta verlassen, brachte er mehrere Jahre auf Reisen zu, lebte in Italien und England, und errang auf dem Felde der Liebe gleiche Triumphe, wie er sie im Kriege errungen. Sein Name wurde von den Männern mit Achtung, von den Frauen mit Vergötterung genannt; aber seiner Mutter genügte Das nicht; sie wollte: die ganze Welt sollte mit Bewunderung diesen Namen nennen und er das thatenreiche Leben seiner Vorfahren fortsetzen, das er in Malta so glänzend begonnen.

Zu dem Zweck schien ihr das Geeignetste, die Hülfe ihres Schwagers in Anspruch zu nehmen, der die einflußreichsten Persönlichkeiten an Europa's Höfen kannte und selbst eine so hohe militairische Würde bekleidete. Außerdem bewog sie noch ein anderer bedeutender Grund, mit dem Feldmarschall persönlich in Verbindung zu treten.

Mit Schreck und Entsetzen hatte nämlich die Gräfin, die in fürstlichem Glanz zu leben gewohnt war, die Verminderung ihrer Revenuen aus Schweden wahrgenommen und eingesehen: daß, wenn die schwedische Krone diese Einziehungen ihrer Gelder fortsetze, sie sowohl wie ihre Kinder sich bedeutend einschränken müßten, um nicht in die bittersten Geldverlegenheiten zu gerathen.

Zu Einschränkungen konnte sich aber die Gräfin nicht entschließen und sie wollte wenigstens kein Mittel unversucht lassen, ihre Revenuen aus Schweden ungeschmälert zu erhalten und hoffte Das durch ihren Schwager zu erreichen.

Der Feldmarschall, der die Verbindungen seiner Schwägerin am schwedischen Hofe kannte, wußte, wie gern die schöne geistvolle Frau von beiden Königinnen gesehen wurde, beredete sie zu einer Reise nach Stockholm, damit sie ihre Angelegenheiten dort selbst betreibe. Seinem ältesten Neffen, dem Grafen Karl Johann rieth er, nach Paris zu gehn, um sich dort vom Könige Empfehlungsbriefe nach Spanien zu erwirken, und vermöge seiner Verbindungen am französischen Hofe, stattete er ihn selbst mit allen möglichen Mitteln aus, an das Ziel seiner Wünsche zu gelangen.

Nachdem nun das Nöthige für die Zukunft des ältern Grafen Königsmark gethan, beschäftigten sich Mutter und Onkel mit dem Schicksal des Jüngern.

Graf Philipp Christoph von Königsmark's Erziehung war an den Höfen von Celle und Wolfenbüttel vollendet. Während seines Aufenthaltes in ersterer Residenz hatte er sich in die Tochter des Herzogs Georg Wilhelm und der schönen Eleonore d'Albreuse, in die Prinzessin Sophie Dorothee verliebt. Eine Ueberwerfung mit dem jungen Prinzen August von Wolfenbüttel, der ebenfalls die Prinzessin von Celle liebte, hatte die Verbannung der beiden glühenden Anbeter vom Hofe zur Folge gehabt und dieser Termin war erst Anfang des Jahres 1683 abgelaufen.

Die Gräfin Königsmark und der Feldmarschall, welche Beide wußten, daß der Herzog von Celle ihren Sohn und Neffen sehr liebte und durchaus nicht abgeneigt war, seine Tochter dem Sprossen eines so edeln, berühmten und reichen Grafengeschlechts zu vermählen, bestimmten für den Grafen Philipp Christoph: „Reise nach Celle und Werbung um die Tochter des Herzogs.“

Als beide Söhne unter den heißen Segenswünschen der Mutter ihre Reisen angetreten, verließ Gräfin Königsmark in Begleitung ihrer Töchter und ihres Schwagers Agathenburg.

Die Töchter der Gräfin: „Amalie Wilhelmine“ und „Marie Aurora,“ hatten zu jener Zeit schon die größten Triumphe gefeiert und namentlich waren Letzterer Huldigungen zu Theil geworden, die sie nicht im Unklaren gelassen, wie groß die Macht ihrer Schönheit, wie groß der Zauber ihrer anmuthigen Erscheinung.

Alle Chronisten jener Zeit schreiben Aurora von Königsmark nicht allein außergewöhnliche Schönheit zu, sondern auch außergewöhnliche Geistesgaben; sie war in allen Zweigen des Wissens bewandert, redete mehrere Sprachen, zeichnete, malte, sang und dichtete und vereinte mit dieser Schönheit, mit diesem Geiste das liebenswürdigste Benehmen, die bezauberndste Freundlichkeit.

Heiter und unbefangen, sorglos und fröhlich war Aurora bisher durch das Leben gegangen, das ihr seine glänzendsten Lichtseiten gezeigt; ihr erschien dasselbe wie ein blühender Garten, den sie, einem Schmetterlinge gleich, der von Blume zu Blume fliegt, von Genuß zu Genuß eilend, durchwandern konnte. Der Schmerz ihrer abgewiesenen Verehrer hatte bisher nie Wunden ihrem Herzen geschlagen; sie kannte die Liebe noch nicht, ahnte nur deren Lust und Glück, wußte Nichts von deren Leid und Elend!

„Hier bringe ich Dir das Wunderkind, das überall Liebe erweckt und nie Liebe fühlt!“ mit diesen Worten stellte der Feldmarschall seiner Frau Aurora vor, die überrascht in dieses Antlitz sah, das mit seiner lebenswarmen Frische, seinem seelenvollen Ausdruck, nur an jenes Bild erinnerte, das sie von ihr besaß, aber nicht den tausendfachsten

Theil des Reizes zurückgab, der das Original umstrahlte.

Mit schelmischem Lächeln blickte die reizende Aurora ihren Onkel an, als er sie auf solche Weise vorstellte und sagte dann, sich verbindlich zu ihrer Tante wendend: „Und wäre es wahr, was der Onkel gesagt, — hätte ich nie Liebe gefühlt — jetzt würde das Gefühl mächtig auf mich eindringen und ich es einem Wesen zollen, das man, weil es für die Liebe zu hoch zu stehen scheint, wohl bisher nur zu verehren — nur anzubeten gewagt!“

Sie fiel bei diesen Worten ihrer Tante um den Hals, drückte einen langen innigen Kuß auf deren Lippen, anstatt der Sitte der Zeit zu huldigen, die von einer jungen, wohlerzogenen Dame forderte: sich tief und ehrerbietig vor einer Frau zu verneigen und die Fingerspitzen der dargereichten Hand zu küssen.

Der jungen Gräfin, Charlotte von Königsmark, war durch ihr stetes Leben am Hofe, als Verwandte der Königin, die Etiquette oft zu lästig geworden, als daß sie ein Abweichen von der hergebrachten Form nicht mit Freuden begrüßt hätte. Sie erwiderte daher die herzliche Umarmung ihrer Nichte in gleicher Weise und unter beiden Frauen herrschte von diesem ersten Augenblick an ein warmes, freundschaftliches Verhältniß.

In eifrigem Gespräch saßen Beide noch gegen Mitternacht, als die Gräfin Marie Christine und ihre älteste Tochter sich schon längst zurückgezogen, um die Ruhe zu suchen. Aurora, die weniger durch die Reise ermüdet, war bei ihrer Tante zurückgeblieben, — erzählte in ihrer anmuthigen, lebhaften Weise von ihrem frühern Aufenthalte an den Höfen von Celle und Hannover, von den Festen, die man ihnen zu Ehren gegeben und vergaß dabei nicht, wenn auch unter Scherz und Lachen, der großen Erfolge zu erwähnen, die sie gehabt.

„Wie einsam, wie still werden Dir die Wochen hier in Königsmarkhof vergehen!“ rief die Gräfin Charlotte, als ihre Nichte mit der Beschreibung eines Maskenballes zu Ende, wo ihr einundzwanzig Liebeserklärungen gemacht worden.

„Gerade freue ich mich auf diese Ruhe, liebe Tante!“ entgegnete Aurora heiter, „es wird mir Abwechselung sein, einmal still zu leben und nicht ewig meine Schönheit preisen zu hören.“

„Beides kannst Du hier genießen; — denn der

einzige junge Herr, der in Königsmarkhof ist, meidet grundsätzlich allen Verkehr mit Damen und ist ein geborner Weiberfeind."

„Wie, Tante — — Du hast Herrenbesuch auf Deiner wüsten Insel — und dieser Mann ist jung — ist Weiberfeind? — Ach, das ist interessant! — — Ist dieser junge Kannibale hübsch oder häßlich? — doch — wozu die Frage! — ein Weiberfeind ist gewiß allemal häßlich — wo möglich buckelig! sie rächen sich dadurch an den Frauen, denen sie nicht gefährlich sind!"

Gräfin Charlotte antwortete lächelnd: „Du irrst, Baron Akerjhelm ist einer der schönsten Männer, die es giebt und wird von den Frauen sehr ausgezeichnet! — keine aber machte bisher Eindruck auf sein starres Herz."

„Akerjhelm? — Baron? — Liebe Tante, ich kenne doch alle Adelsfamilien des Schwedischen Reichs — entsinne mich jedoch nicht dieses Namens!"

„Er ist auch erst kürzlich in den Adelsstand erhoben!"

„So — — was ist er?"

„Liebling des Königs!"

„Wie? — der König giebt sich damit ab, Lieblinge zu haben!“

„Baron Akerjhelm ist's und die glänzendste Carrière liegt vor ihm; obgleich noch sehr jung, ist er bereits Legationssecretair.“

„Du lerntest ihn in Stockholm kennen?“

„Ich kenne ihn seit seiner Kindheit; er ist der Sohn eines Landpredigers, mit dem mein Vater befreundet; seine Schwester war von Jugend auf meine Spielgefährtin und lebt seit dem Tode ihrer Eltern ganz bei mir; Samuel Akerjhelm ist bei dieser Schwester — die ihn vergöttert — zum Besuch.“

„Ist Fräulein Anna Agriconia seine Schwester?“

„Dieselbe! — sie hat ebenfalls die Erlaubniß erhalten, den Namen ihres Bruders zu führen, verschmäht es aber, den Adel anzunehmen.“

„Weshalb kam dieses interessante Geschwisterpaar denn heute Abend nicht zum Vorschein?“

„Anna ist in dem Augenblick ohnmächtig geworden, wo Ihr ankamt und der Bruder war über den plötzlichen Zufall zu besorgt, um sie verlassen zu können; er leistete ihr Gesellschaft.“

„Er scheint ja ein überaus zärtlicher Bruder zu sein!“ sprach Aurora mit leichtem Anfluge von Verstimmung; es ärgerte die verwöhnte Dame unbewußt, daß ein Mann die Gelegenheit konnte vorübergehen lassen, sie zu sehen — Zeit hatte, sie kennen zu lernen! — — —

Die Gräfin Charlotte erzählte viel von der Liebe, die beide Geschwister verband, theilte der aufmerksam horchenden Aurora noch Manches über den jungen Mann mit, das Alles zu seinem Lobe war, und erweckte dadurch im Herzen ihrer Nichte das Verlangen: „diesen Mann, den bis dahin noch kein Mädchen gefährlich geworden, zu bezaubern, um auch den Triumph zu feiern, der ihr noch neu war: einen Weiberfeind bekehrt zu haben.

Ein gewisses Etwas in Aurora's Wesen verrieth ihrer klugen Tante ihre Absichten und neckend spnach sie: „Am Ende machst Du in Königsmarkhof die traurige Erfahrung, daß es doch einen Mann auf Erden giebt, der Dir ruhigen Herzens in's Auge schauen kann."

Aurora antwortete durch ein Lächeln; doch dieses sagte mehr als Worte und rief der Gräfin Charlotte mit vollem Siegesbewußtsein ein tausendstimmiges: „unmöglich!" zu.

Drittes Kapitel.

Mitternacht war vorüber, als Anna Agriconia's Schlummer endlich ruhiger wurde und Samuel Akerjhelm ohne Sorge das Zimmer seiner Schwester verlassen konnte. Langsam ging er über die bereits ganz dunkel gewordenen Corridore des Schlosses, auf die nur der Schein der Kerze, die er in der Hand trug, ein schwaches, ungewisses Licht warf; unwillkürlich trat er leiser auf, als er an den Gemächern vorüber kam, die, wie er wußte, von den am Abend angelangten Gästen bewohnt wurden. — An diese Gäste und an den seltsamen Traum seiner Schwester denkend, entging ihm, wie plötzlich am äußersten Ende des Ganges eine Gestalt auftauchte, die ebenfalls ein brennendes Licht trug.

Es war Aurora von Königsmark! Sie hatte endlich ihre Tante verlassen, um die Ruhe zu suchen, von der sie an dem Abend innerlich ferner wie gewöhnlich war; ihre Wangen bedeckte ein glühender Purpur, ihre Augen leuchteten; sie war durch das mit ihrer Tante geführte Gespräch auf das Lebhafteste erregt.

Mit der ersten flüchtigen Idee beschäftigt: einen Weiberfeind zu bekehren und an dieses interessante Unternehmen einzelne skizzenhafte Operationspläne reihend, gewahrte sie am Ende des neuen Ganges, den sie betrat, um zu ihrem Zimmer zu gelangen, eine dunkle Gestalt, deren Antlitz aber hell von dem Strahl des Lichts getroffen wurde, das diese in der Hand trug.

Aurora's Blick hatte die Schärfe eines Adlerauges; er durchdrang den weiten Raum, erkannte ein jugendliches Männerantlitz und wem dieses Antlitz angehörte, darüber war sie nicht einen Augenblick im Zweifel! — Mit Geistesgegenwart überblickte sie ihre Lage und mit jenem unwiderstehlichen Hange zu kleinen romantischen Abenteuern begabt, der das Geschlecht der Königsmark kennzeichnete, trieb sie's an: sofort die Bekanntschaft des interessanten Weiberfeinds zu machen und Vortheil aus der zufälligen Begegnung zu ziehen.

So verlöschte denn Aurora in demselben Augenblick ihre Kerze, wo sie Akerjhelm erkannte, stieß dann einen leichten Schrei aus, der ihn auf sie aufmerksam machen mußte und rief, als er überrascht aufsah:

„Bist Du's, theuerster Onkel, der einer verwirrten Seele in Nacht und Dunkel als rettender Engel erscheint?"

Die weiche, süße Stimme Aurora's erklang wie Musik; — lauschend dem schönen klaren Tone, blieb Akerjhelm eine Sekunde wie gebannt stehen, ermannte sich dann, ging schnell vorwärts und — seine Kerze verlöschte bei der heftigen Bewegung.

„O, das ist köstlich! nun sind wir vollständig im Finstern!" rief Aurora heiter lachend; „doch das ist unleugbare Sympathie, denn erst verlöschte mein Licht, nun das Deine; aber wie werden wir symphatische Naturen uns jetzt in dieser Dunkelheit zurechtfinden?"

„Ganz gut, wenn Sie sich gefälligst einige Sekunden gedulden wollen!" entgegnete die tiefe klangvolle Stimme des jungen Mannes.

„Wer ist's, der Das sagt?" fragte Aurora ernst.

„Der nicht, den Sie in mir vermuthen!“

„Aber doch auch hoffentlich kein Gespenst?“ fragte sie lachend.

Samuel Akerjhelm hatte vermittelst eines kleinen Feuerzeugs Licht gemacht und in demselben Augenblick, wo er seine Kerze damit von Neuem anzündete, erwiderte er:

„Ich hoffe, Ihre Befürchtung ist hiermit beendet und Sie gewinnen die Ueberzeugung, daß es in Königsmarkhof nicht spukt!“

Die beiden jungen Leute näherten sich einander. Aurora von Königsmark erwiderte den Gruß Samuel Akerjhelm's so schüchtern, daß er in ihr kaum jene muthwillig Redende wiedererkannt haben würde, wenn die zauberisch schöne Erscheinung, die jetzt gesenkten Blicks vor ihm stand, ihn nicht an das Bild der jungen Gräfin Königsmark gemahnt und seine Ahnung bestätigt: „daß es Aurora sei, der er in Nacht und Dunkel begegnet.“

Ueberraschte ihn bereits die seltene Schönheit des Gesichts, als sie stumm, ernst, mit niedergeschlagnen Augen vor ihm stand, um wieviel mehr bewältigte ihn ihr Anblick, als sie ihren Blick erhob — er diese großen, glänzenden, mandelförmig geschnittnen Augen sah, aus deren feuchten Schimmer eine so tiefe Innigkeit leuchtete, in denen ein so wunderbares Feuer glühte! — — Und hatte der junge Mann auch der Macht dieses Blicks widerstanden, ihn würde bezaubert haben, was Jeden entzückte — das Lächeln Aurora's! — Und wie lächelte sie in der Sekunde, als sie um Erlaubniß bat: ihr Licht an seiner Kerze anzünden zu dürfen! — sie lächelte, wie sie stets zu lächeln pflegte, wenn sie ein Herz erobern wollte und — Samuel Akerjhelm's Herz gehörte ihr von der Sekunde an!

Dieses Lächeln war's, das lange, lange den Schlummer von ihm entfernt hielt und als sich endlich seine Augen schlossen, leuchtete der feuchte Schimmer ihres Blicks noch durch seine Träume.

„Ich war zu kühn, zu sicher!“ sprach er nach unruhiger Nacht, „doch wo hätte ich gedacht, daß sie so viel tausendmal schöner, als jenes Bild sein würde!“ Nach längerm Sinnen setzte er düster hinzu: „O, Anna, ich glaube, Dein Traum wird sich erfüllen, denn schon jetzt fühle ich: was auch das fernere Leben mir für Bilder zeigen wird, mein Herz wird die Erinnerung an die schöne traumhafte Erscheinung dieser Nacht behalten!“

Anders, wie mit Akerjhelm, stand es mit Au-
ra! Sie hatte den Weiberfeind zwar sehr hübsch
funden; doch — die Ruhe der Nacht störte er ihr
cht — sie schlief nach ihrem kleinen Abenteuer —
hlief vortrefflich! —

Als sie am nächsten Morgen erwachte, besann
e sich, wie sie es anzufangen habe, den günstigen
indruck am Tage zu verstärken, den sie, wie sie
ohl wußte, in der Nacht auf Baron Akerjhelm ge-
acht. Während dieses Nachdenkens fiel ihr Blick
den Spiegel — sie lachte heiter bei dem Anblick
nd ihre vollen, dunkeln Locken schüttelnd, rief sie
bermüthig: „Zu was quäle *ich* mich mit Plänen
nd Entwürfen — *ich* — *die ich das nicht nö-
thig habe!* — dieser nordische Jüngling hat in
einem Innern Nichts von der Kälte, die sein Aeu-
ßeres zeigt — er ist warm — heißblütig, wie Je-
er, der jung ist — er hat ebenso gut ein Herz,
wie alle andere Männer und daß er dieses Herz,
as bisher weiblichen Wesen gegenüber so kalt ge-
lieben — an mich verlieren wird! Dessen bin ich
ebenso sicher wie: daß er mir das meinige nicht
raubt, das noch Keiner entzündet!“ —

Aurora hatte Recht, dem Zufall das Weitere

4*

zu überlassen! er gestaltet in derartigen Verhältnissen Alles oft bedeutend besser, als schlau entworfene, vorsichtig durchgeführte Pläne zu thun vermögen.

Blinder Zufall hatte, wie Alle dachten, Aurora und Samuel auf einem einsamen Landgute Schwedens zusammengeführt; doch ob das stete Zusammensein der beiden jungen Leute, während der Dauer von sechs Wochen, immer ein so zufälliges war, wie ihre erste Begegnung, bleibt dahingestellt; jedenfalls sah Anna Agriconia es nicht so an, wenn sie immer und wieder Aurora von Königsmark und ihren Bruder beisammen fand — Beide mit einander musicirten, zeichneten, lasen, oder Streifereien zu Fuß und zu Pferde in die nähere oder entferntere Umgebung des Schlosses machten.

Weder Anna, noch der Feldmarschall und seine Frau begriffen, daß die stolze Mutter Aurora's, die so hochfliegende Pläne in Bezug der Zukunft ihrer Kinder hatte, solch häufiges Alleinsein ihrer Tochter mit einem jungen Manne duldete, dessen Adel so neu — wie der ihrige alt! — Gräfin Königsmark war aber nicht allein stolz, sondern auch klug und so duldete sie nicht allein die steten tête-à-têtes ihrer Tochter mit Samuel — sondern suchte sie herbeizuführen, da ihr viel daran lag, den Liebling des Königs auch für sich zu gewinnen.

Anna Agriconia's Antlitz wurde in diesen Wochen immer ernster, immer düsterer, — das ihres Bruders immer lichter, immer strahlender! — Aurora entging keine dieser Veränderungen. Fröhlich lachte sie über die sichtbare Angst Anna's; triumphirend lächelte sie über den Weiberfeind! und im unbekümmerten Genusse dieser angenehmen Wochen ahnte sie nicht, was aus diesem sorglosen Spiele der Gegenwart für eine folgenschwere Zukunft über sie hereinbrechen würde.

Viertes Kapitel.

Acht Jahre waren vergangen. Viel und mancherlei Schmerzliches hatte sich für die Gräfin Christine von Königsmark in diesem Zeitraum ereignet, wo sie sich ausschließlich in Schweden aufgehalten. Die Hoffnungen in Bezug zur Wiedererlangung ihrer Güter waren gescheitert und die glänzenden Erwartungen, die sie für die Zukunft ihrer Kinder gehegt, hatten sich auch nicht verwirklicht.

Ruhmvoll, wie ihr ältester Sohn seine Carrière begonnen, hatte er sie auch beendet; doch eben daß dieser hoffnungsvolle Sohn so frühzeitig endete, war ein harter Schlag für das Mutterherz! — Karl Johann von Königsmark starb schon 1686 in Griechenland. Zwei Jahre später verlor auch der Feldmarschall dort sein Leben.

Der jüngste Sohn der Gräfin fand zu ihrem

Kummer mehr Geschmack an Abenteuern und romantischen Liebesintriguen, als an Thaten des Ruhms. Er hatte sich, nachdem seine Jugendneigung unglücklich geendet und Sophie Dorothee mit dem Prinzen Georg von Hanover vermählt worden — in den Strudel des Lebens gestürzt — in neuen Liebesverhältnissen das alte zu vergessen gesucht, Städte und Länder bereist und war zu der Zeit Begleiter des jungen Kurprinzen Friedrich August von Sachsen.

An ihren Töchtern hatte die Gräfin auch nicht die Freude erlebt, die das stolze Mutterherz erhofft. Die Aelteste, Amalie Wilhelmine, hatte sie 1689 zwar an den Grafen Löwenhaupt verheirathet; doch war diese Parthie eine keineswegs glänzende zu nennen. — Aurora, die so hochgefeierte Aurora, war noch unvermählt! — Die Gräfin hatte diese Tochter nie bestimmen können, einen der ihr gemachten Anträge anzunehmen; obgleich sie, namentlich in den letzten Jahren, als ihr Vermögen immer mehr abgenommen, ihre Schuldenlast sich immer höher belaufen, Aurora oft inständig gebeten: eine Wahl zu treffen.

Aurora von Königsmark, die, je älter sie wurde, die Freiheit, welche man ihr so vielfach zu nehmen trachtete, immer höher schätzte, hatte noch immer nicht aus eigener Erfahrung die Liebe kennen gelernt; ihre Feinde behaupteten: sie habe ihr Gefühl von frühster Jugend auf zu sehr in einzeln kleinen Dosen zersplittert, als daß es je tief, stark und mächtig in ihr werden könne; ihre Freunde und Verwandten aber meinten: sie hinge mit zu abgöttischer Liebe an ihrem jüngsten Bruder und da er für sie der Inbegriff aller Vollkommenheit sei, suche sie vergebens einen Mann, der ihm gliche.

Aurora hörte Beides ruhig an — um so ruhiger, als sie die vollste Kraft zur Liebe in sich fühlte und auch fest überzeugt war, daß sie endlich den Mann auf Erden finden würde, der ihren Ansprüchen genügte — den Mann, dem gegenüber ihr die Aufopferung ihrer Freiheit kein Opfer sein würde.

Unter der Zahl ihrer Verehrer in Stockholm nahm Baron Akerjhelm einen bevorzugten Platz ein; er war nicht nur ihr beliebtester Tänzer; — sie sprach nie mit einem andern Herrn so lange und angelegentlich, wie mit ihm; doch ihre Liebe, um die er sich fortgesetzt bewarb — schenkte sie ihm nicht. Ermannte er sich daher — wollte er sich ihr entreißen, die ihn umgarnt, weil er immer von

Neuem die schmerzliche Ueberzeugung gewann, daß sie ihn nicht liebte — so zog Aurora den Entfliehenden immer wieder an sich, denn sein Geist und Verstand, seine Gemüthstiefe und sein ehrenhafter Charakter wurden zu sehr von ihr geschätzt, als daß sie seinen Umgang hätte entbehren mögen.

Rief sie ihm, wenn er sie eine Zeit lang gemieden: „Treuloser Freund!“ zu — mahnte sie ihn mit ihrem bezaubernden Lächeln an die „schönen, unvergeßlichen“ Tage in Königsmarkhof — sagte sie ihm, daß das Leben ohne ihn keinen Reiz für sie habe, — er der einzige Mann sei, den sie schätze und achte — so kehrte Akerjhelm in der Hoffnung zu ihr zurück: daß ihre Freundschaft sich doch wohl endlich in Liebe verwandeln könne und den schönen, unvergeßlichen Tagen in Königsmarkhof noch schönere folgen würden.

Aurora's Mutter, welche die Annäherung des Baron Akerjhelm an ihre Tochter von Anfang an nicht ungern gesehn und durch diesen „Liebling des Königs“ anscheinend Unerreichbares bei Hofe zu erreichen gehofft — ihr wurde dieser Bewerber, den sie persönlich so hoch achtete, wie keinen andern jungen Mann ihrer Bekanntschaft — eine immer wünschenswerthere Parthie für Aurora, je höher er im Staatsdienst stieg, je mehr die Gnade des Königs ihn mit Geld und Glücksgütern überschüttete! — Durch seine Fürsprache erreichte die Gräfin die größten Summen, die aber bei ihrer Prachtliebe und Verschwendung nie lange vorhielten. — Noch kurz vor ihrem Tode bat Gräfin Königsmark ihre Tochter: „Samuel Akerjhelm zu erhören.“ Aurora, die nicht ahnte, wie zerrüttet ihre Vermögensverhältnisse waren, begriff kaum, daß ihre stolze Mutter eine Vereinigung mit einem neugeadelten Baron des Schwedischen Reiches so wünsche. Aurora lag zu jener Zeit ihres Lebens Berechnung zu fern — aus Neigung wollte sie heirathen!

Im Oktober 1691 starb die Gräfin. Aurora lernte durch ihren Tod einen tiefern Schmerz kennen, als sie je bisher im Leben empfunden, denn waren ihr auch der Tod ihres ältesten Bruders und Onkels nah gegangen, so hatte doch Beider Ableben nicht auf ihre Verhältnisse eingewirkt und nicht diese Leere in ihrem Herzen zurückgelassen. Tief und heiß beklagte Aurora den für sie ganz unersetzlichen Verlust und in ihrer bittern Herzensververzweiflung flüchtete sie zu ihrer Tante.

Still, einsam und zurückgezogen von allen Verkehr mit der Welt lebte Gräfin Charlotte seit dem Tode ihres Mannes auf Königsmarkhof, wo sie an seiner Seite nur zwei Jahre der glücklichsten Ehe geführt! Unüberwindlicher Thatendurst hatte den Feldmarschall noch einmal in das ewig wechselvolle Leben des Krieges geführt und er dort den Tod gefunden, wo er sich nur neue Lorbeeren zu erringen gedacht! — — —

Mit der ganzen Liebe, deren sie noch fähig, nahm Gräfin Charlotte die trostlose Aurora auf, — suchte den leidenschaftlichen Schmerz des erregten Mädchens zu lindern und sie ergeben in den Willen Dessen zu machen, der ihr das Leid geschickt. Wie so ganz anders, wie so verschieden war dieser zweite Aufenthalt in Königsmarkhof gegen jene Wochen der Lust und Freude, die Aurora damals als sechszehnjähriges Mädchen verlebt! Spurloser, wie an ihrem Innern, waren an ihrem Aeußern diese neun Jahre vorübergegangen — ja, Samuel Akerjhelm fand, als er Aurora im Mai 1692 in Königsmarkhof wiedersah, ihre Erscheinung bedeutender, ihr geistvolles Antlitz noch schöner, noch anziehender als im ersten Frühlinge ihres Lebens.

Zur feierlichen Beisetzung der Leiche ihrer Mutter, die am fünften Juni des Jahres 1692 in der Ritterhauskirche zu Stockholm Statt finden sollte, wollte Aurora in die Residenz zurückkehren, um dann mit ihrer Schwester Schweden für immer zu verlassen.

Es war am Vorabend ihrer Abreise, als Samuel Akerjhelm ihr noch einmal in glühenden Worten seine Liebe schilderte; sie anflehte: ihn endlich zu erhören und die Seine zu werden.

Einen Augenblick schwankte Aurora, ob sie den Antrag eines Mannes annehmen sollte, der ihr eine so ausdauernde Liebe bewiesen und sich in den verschiedensten Lagen des Lebens als zuverlässig bewährt; doch nur einen Augenblick war sie unentschlossen! — im nächsten Momente schon wies sie kälter und entschiedener denn je eine Liebe zurück, die sie nicht zu erwidern vermochte.

Mit todesbleichem Antlitz hörte Akerjhelm diese Antwort, die Aurora ihre letzte nannte und verließ dann schnell das Zimmer. Kaum daß sich hinter ihm die Thüre geschlossen, so wurden die schweren Sammtvorhänge zurückgeschlagen, die ein Kabinet von diesem Zimmer trennten und Anna Agriconia

— die ungesehene Zeugin des ganzen Gespräches — stand auf der Schwelle!

So kühn und unerschrocken auch Aurora war, beim Anblick dieser düstern, unheimlichen Erscheinung bebte sie zurück und schaute mit sprachlosem Entsetzen in die zornfunkelnden Augen des Mädchens; ihre volle Geistesgegenwart kehrte aber wieder, als Anna Agriconia sie laut anherrschte: „Ruf' ihn zurück und sag' ihm, daß Du sein Weib werden willst!“

„Weder das Eine noch das Andere werde ich thun!“ entgegnete Aurora stolz, „und hast Du uns belauscht, so wirst Du die Gründe wissen, warum ich Deine Bitte nicht erfülle.“

„Bitte?“ wiederholte Anna höhnisch, „ich befahl es Dir!“

„Mir hat Niemand Etwas zu befehlen.“

Ein Blitz schoß aus dem unheimlichen Auge Anna's, Wuth entstellte einen Moment die leidenschaftlichen Züge ihres Gesichts — dann wechselte der Ausdruck mit der Schnelle des Gedankens und sich der überraschten Aurora plötzlich zu Füßen werfend, sprach sie weich und flehend: „Ja, ich bitte

Dich: erhöre seinen Wunsch, — mache Den glücklich, der in Dir sein ganzes Glück findet."

„Ich kann nicht, Anna Agriconia — ich kann's nie und nimmer!"

Aurora wollte sich mit diesen Worten entfernen; Anna aber vertrat ihr den Weg und sagte kalt: „So nicht, Gräfin Königsmark! so leicht entkommt Ihr mir nicht! sagt mir erst, warum konntet Ihr denn Das: Euch um die Gunst meines Bruders bemühen und ihn immer wieder an Euch locken."

Mit glühendem Erröthen rief Aurora: „Fräulein Agriconia, bedenkt was Ihr sprecht! und könnt Ihr das nicht, so erlaubt wenigstens, daß ich Euch verlasse!"

Noch einmal vertrat die tiefbeleidigte Schwester der Gräfin den Weg und Aurora's Arm mit dem festesten Griff ihrer starken, knöcherigen Hand umspannend, schrie sie wild: „Nicht eher verlaßt Ihr dieses Zimmer, bis Ihr wißt, daß ich Euch verfluche, wenn Ihr nicht das Weib Samuel's werdet!"

„Flucht immerhin! — der Fluch einer Wahnsinnigen ist wirkungslos."

„Wahnsinnig? — Ja, Aurora, beinahe hat der

Schmerz mich wahnsinnig gemacht — der Schmerz über das von so unbedachter Hand schonungslos zerstörte Lebensglück meines einzigen — meines über Alles geliebten Bruders; doch noch bin ich's nicht! — so verfluche ich Euch denn, die Ihr den Frieden seines Herzens gemordet — verfluche diese Schönheit, die ihm die Sinne verwirrt! Sein Schicksal soll sich an Euch rächen! — Ihr wie er, der Spielball einer flüchtigen Laune werden — und statt Liebe — Glück — Ruhm und Ehren, soll Euch nur Haß — Verachtung — Schande —"

„Haltet ein! haltet ein! — um Gottes Barmherzigkeit willen, nehmt diese Worte zurück!" schrie Aurora.

Zurücknehmen? nie! noch hinzufügen will ich Etwas! Ihr sollt zur Strafe für Eure Verlockungen das Loos haben: daß sich die Menschen schaudernd von Euch abwenden — Eure Schönheit —"

Aurora konnte nicht mehr hören! — befreite sich gewaltsam aus den sie umklammernden Händen — stieß Anna zurück und stürzte aus dem Zimmer.

Nach diesem Auftritt war Aurora von Königsmark das Schloß so verhaßt, daß sie ihre Abreise beschleunigte und noch in derselben Stunde Königsmarkhof verließ. — Sie athmete tief, athmete frei, als die grüne Waldesnacht sie umfing und Nichts in der Außenwelt sie mehr an das furchtbare Erlebniß des Abends erinnerte; aber entfloh Aurora auch der Stätte, wo solch unheilvolle Worte an ihr Ohr getönt — sie entfloh nicht der leise mahnenden Stimme des Gewissens, die ihr Benehmen gegen Samuel Akerjhelm ein Unrecht nannte. Wie sie auch diese leise Stimme zu übertäuben suchte, — es gelang ihr nicht und erst zu der Zeit — zwei Jahre später — als laut alle Stimmen ihres Herzens redeten, vernahm sie nichts Anderes, als eben nur diese trügerischen Stimmen, die süß und schmeichelnd von dem Glück der Liebe sprachen, das sie so lange vergeblich gesucht.

Fünftes Kapitel.

Die Nachricht von dem so plötzlichen, geheimnißvollen Verschwinden des Grafen Philipp Christoph von Königsmark im Schlosse zu Hanover verbreitete sich 1694 ebenso rasch an allen europäischen Höfen, wie die Kunde, daß seine schöne Schwester Aurora sich nach Dresden begeben, um den Kurfürsten Friedrich August, der ein Freund und Gönner ihres Bruders gewesen, um seine Hülfe anzuflehen: den Verlorenen wieder aufzufinden! Wie ein Lauffeuer verbreitete sich aber Anfang des Jahres 1695 die Nachricht: „Aurora von Königsmark die Geliebte August des Starken."

Diese — Allen die Aurora gekannt — so unglaubliche Kunde drang auch in die tiefe Einsamkeit von Königsmarkhof und rief in der Brust seiner beiden Bewohnerinnen den verschiedensten Eindruck hervor! — Entsetzen erfaßte die Gräfin, — Freude — teuflische Freude — regte sich im Herzen Anna Agriconia's und jubelnd rief sie: „Endlich nun wird Samuel frei werden!"

Anna Agriconia konnte sich das Entzücken nicht versagen, ihren Bruder wiederzusehn, den sie nun so sicher von dieser Liebe geheilt zu sehen hoffte. — Eilends begab sie sich nach Stockholm — Samuel Akerjhelm war nicht da — er war, wie man ihr sagte, nach Deutschland gereist — war schon längere Zeit fort!

Um dieselbe Stunde, wo seine Schwester trostlos durch die Zimmer seiner verödeten Wohnung schritt und ruhelos die ganze Nacht dort umherwandelte, ging er, tief in einen Mantel gehüllt, über die Altane des Jagdschlosses Moritzburg bei Dresden und immer und wieder erhob sich sein umdüsterter Blick zu der hell und glänzend erleuchteten Facade des Schlosses.

Dieser Lichtglanz erlosch endlich und am Himmel tauchte ein Stern nach dem andern auf, verschwand aber immer wieder unter den dunkeln Wolkenschichten, die langsam und schwer am Horizont dahinzogen.

Mitternacht war vorüber, als eine zweite Gestalt auf der einsamen Altane erschien! — Langsam, gebeugten Hauptes schritt sie einher und Samuel Akerjhelm's Herz erbebte beim Anblick dieser tiefverschleierten Frauengestalt, die ihm entgegenkam; er war unfähig, einen weitern Schritt zu machen — der Gedanke: daß Die es sein könne, die er suche, lähmte seine Glieder! wie gebannt blieb er stehen und — erkannte bald Aurora von Königsmark! — — —

Die langsam vorschreitende Gestalt gewahrte ihn nicht, — doch hielt auch sie plötzlich in ihrem Gange inne, lehnte gegen die Balustrade der Altane, umschlang mit den Armen eine jener kleinen Statuen, die die Pfeiler zieren, und indem ihre glühende Stirn den kalten Stein berührte, brach sie in ein heftiges convulsivisches Schluchzen aus!

Wie tief drang dieser Schmerzensausbruch in die Seele Dessen, der dieses Mädchen so froh, so glücklich — so stolz gekannt! er konnte diese Verzweiflung nicht lange sehen, dieses Schluchzen nicht lange hören und trat an sie heran.

Das Geräusch von Schritten schreckte die Weinende empor, hastig wandte sie sich um, faßte den vor ihr stehenden Mann scharf in's Auge, stieß einen gellenden Schrei aus und taumelte zurück.

„Aurora!" sprach Akerjhelm und im Tone dieser Stimme lag die ganze alte Liebe seines Herzens, das ganze tiefe Weh seiner Seele.

Sie zuckte zusammen und wandte sich ab.

„Aurora! — reichen Sie dem Freunde Ihrer Jugend — dem treuen Freunde — Ihre Hand zum Willkommen! — lassen Sie mich heute Nacht Ihnen Antwort auf die Frage bringen, die Sie in jener Nacht — vor zwölf Jahren — an mich richteten, als wir uns zum ersten male sahen, — die Frage, die ich damals unbeantwortet gelassen!"

Aurora erhob jetzt den gesenkten Blick — auch jetzt, wie damals, schaute ihr glänzendes, wunderbar schönes Auge ihn an — aber wie so verschieden gegen jenen Blick vor zwölf Jahren — auf dem Corridore von Königsmarkhof — war dieser! — Wie verschieden aber auch der Ausdruck dieser Blicke — er brachte gleichen Eindruck hervor — er drang, wie damals, tief und mächtig in seine Seele!

Samuel reichte Aurora die Hand und als sie nach langem Sinnen die ihrige hinein legte, er diese Hand, — die das Streben seines Lebens gewesen

— fest umschloß, einen Kuß auf ihre zitternden Finger drückte, fielen heiße Thränen aus ihren strahlenden Augen.

„Weinen Sie nicht, Aurora! — ich kann Sie nicht weinen sehen!“

„Und doch möchte ich fortan nichts Anderes thun, als weinen!“

„Aurora! jene Frage, die Sie damals an mich richteten, im Glauben, daß es Ihr Onkel sei, lautete: „Bist Du es, der einer verirrten Seele in Nacht und Dunkel als rettender Engel erscheint? —“ Diese Frage vernahm ich vor Kurzem im Geiste wieder, als ich hörte, daß Sie endlich Liebe fühlten — ich verließ Stockholm in der Absicht: sie Ihnen in Dresden mit Ja zu beantworten! — ich rufe Ihnen dieses „Ja!“ jetzt freudig und aus voller Seele zu. — Lassen Sie das Wort tröstend in ihr Herz dringen, Ihre Thränen trocknen, — Sie aufrichten und folgen Sie mir, der ich Sie aus einer Lage erretten will, die Ihnen Thränen erpreßt und Schmerz bereitet! — — Wir sind hier allein — uns sieht Niemand! — der König hat Sie gestern verlassen — Sie verlassen! — — Begeben Sie sich unter meinen Schutz — ich geleite Sie zu meinem Wagen, der dort im Walde wartet und — Sie sind frei! sind gerettet. —"

Lange schwieg Aurora; dann wiederholte sie langsam: „Frei? — Nein, Samuel, ich kann nie wieder frei sein! — ich liebe! und das Weib, das so liebt, wie ich es thue, gehört nicht mehr sich selbst an, sondern ist mit jeder Faser ihres Wesens an den Mann gekettet, von dessem Bilde ihr ganzes Herz erfüllt ist! — — Haben Sie Dank — tausendfachen Dank für Ihre treue Freundschaft und lassen Sie mir wenigstens den einen — den traurigen Trost: daß meine Liebe mich so tief in Ihrer Achtung sinken läßt, daß Ihre Liebe zu mir entschwindet."

„Das kann — das wird nie der Fall sein und weit bin ich davon entfernt, Jemand zu verdammen, der aus Liebe fehlt; doch, Aurora — diese Liebe, die Sie fühlen, wird Ihr Unglück sein und ich — möchte Sie so gerne glücklich wissen! Darum flehe ich Sie noch einmal an: folgen Sie mir! — entreißen Sie sich einem Verhältnisse, daß Ihrer so ganz unwürdig und fliehen Sie einen Mann, der Sie in den Augen der Welt gebrandmarkt!"

Wie wenn eine Natter sie berührt, so entsetzte

Aurora das letzte Wort! — Das ganze heiße Blut der Königsmark rollte siedend durch ihre Adern und sich stolz emporrichtend, sagte sie ruhig: „Achtung — volle Achtung werde ich dieser Welt nicht abringen — sondern sie wird — sie soll sie mir zu Füßen legen und so wie Sie — Baron Akerjhelm — einer der geachtetsten Männer des Schwedischen Reichs, sich nicht von der abwenden, die Ihrer Aussage nach im Auge der Welt gebrandmarkt dasteht — so sollen und werden noch Andere sich um die Liebe dieses Herzens bemühen, das sich für Zeit und Ewigkeit dem Manne ergeben, dem es jetzt mit voller Hingebung angehört!"

Nach diesen Worten verließ Aurora von Königsmark hastig die Altane und Samuel Akerjhelm sah sie zum letzten mal, als ihre hohe königliche Gestalt stolz und sicher in die Halle des Schlosses eintrat, das der Schauplatz ihres Glücks — ihres Unglücks.

Sah er sie auch nie wieder, so hörte er doch von ihren Schicksalen, — hörte von ihren Triumphen, die sie fortgesetzt feierte, hörte, wie nicht allein Männer ihres Ranges und Standes fortgesetzt um ihre Hand warben, sondern daß auch Herzöge und Fürsten ihre Kronen und Reiche zu ihren Füßen legten, für das Kleinod ihres Herzens!

Bis in ihr spätestes Alter war Aurora von Königsmark Siegerin über alle Herzen; doch aus dem ihrigen riß sie, wie sie es Samuel Akerjhelm vorausgesagt hatte, nie und nimmer das eine Bild, das sich mit Flammenzügen darin eingegraben. — So kurze Zeit sie aber auch nur die Geliebte Friedrich August des Zweiten gewesen, so lange Zeit war sie seine Freundin — seine für ihn thätige Freundin.

Daß der Kurfürst und nachmalige König selbst gegen Annahme vieler der Aurora gemachten Heirathsanträge gewesen, beweisen Briefe und andere schriftliche Aufzeichnungen aus jener Zeit — aus welchem Grunde, ist nicht bestimmt angegeben; doch daß Aurora von Königsmark diesen Grund gekannt, warum August der Starke sie nicht verheirathet wissen wollte, dafür spricht die Freudigkeit, mit der sie die ehrenvollsten Anträge zurückwies, der Ernst und Eifer, mit dem sie sich um die Stelle im Quedlinburger Stifte bemühte. — Sie wollte unvermählt bleiben!

Aebtissin dieses Stiftes wurde Aurora trotz ihrer Wünsche nicht; aber sie fand Aufnahme als Pröbstin in den Mauern und wurde dort ebenso von den alten Damen geliebt, wie sie stets beliebt bei Allen in der Welt gewesen.

Zu wiederholten Malen verließ sie das Stift zu Quedlinburg, um Reisen zu machen und als sie einmal wieder in Dresden war, sandte ihr ihr königlicher Freund eines Morgens eine Anzahl kleiner, aus Elfenbein geschnitzter Figuren. Während sie sinnend auf die bekannten Gesichtszüge dieser Gestalten blickte und sich fragte: „warum man ihnen zerrissene Gewänder gegeben und sie dabei so reich mit Edelsteinen verziert," — trat August der Starke — unbemerkt von ihr — in das Gemach.

Einige Sekunden beobachtete er sie stumm und sprach dann lächelnd:

„Ich sehe, schöne Aurora, daß Sie diese armen Bettler jetzt zum erstenmal längerer Anschauung würdigen!"

„Majestät haben Bettler aus Fürsten, Grafen und Baronen gemacht? —"

„Sind sie etwa Anderes — Besseres? — flehten sie nicht Alle um Ihre Gunst — um die köstliche Gabe Ihres Herzens?"

„Welch hübsche Idee!“ rief Aurora lachend; doch ihre Heiterkeit wich, als ihr Blick auf das feine, edle Antlitz Akerjhelm's fiel. „Diesen kann ich nicht so sehen, Majestät!“ sprach sie ernst.

„Und doch ist er der hübscheste, der interessanteste von allen diesen Bettlern!“

„Das ist er! wie er ebenfalls der beste und edelste Mann ist!“

„Aurora! — mir gestehen Sie Das — mir? Das ist zu arg!“ der König that empfindlich.

„Du warst der Abgott meines Herzens!“ sagte sie ruhig und sah ihn sanft und zärtlich an.

„War? — das klingt ja traurig, Aurora!“

„Du bist es noch und wirst es immer bleiben!“

Der König sah lange und ernst in das noch immer so schöne Antlitz der Geliebten seiner Jugend und entgegnete bewegt:

„Du sprichst wahr, Du treues Herz! und wollte ich je wieder daran zweifeln, so erinnere mich an diese Bettlerschaar, die ich für Dich zur Erinnerung an die Triumphe Deiner Schönheit bestimmt.“

„Erlauben Majestät, daß ich sie dem Geber zurückerstatte! — was sind mir Erinnerungen an Tri=

umphe der Schönheit? mir! die ich nur einzig auf den Triumph eines Herzens stolz bin! — August den Starken besiegt zu haben, gilt mir mehr, als alle andern Siege, die ich gefeiert — und wie ich in meinem Herzen nur das Bild eines Mannes getragen, soll auch in meinen Gemächern kein anderes Bild sein. Die Bettler, die einst vergeblich um meine Liebe gefleht — klopfen auch jetzt vergeblich an die Thür meines Hauses — ich habe dort ebenso wenig Platz für sie, wie ich nie Raum für sie in meinem Herzen hatte."

Sechstes Kapitel.

So heiter und glänzend, so bewegt das Leben Aurora's gewesen, so ernst und düster — so einsam und traurig war ihre Todesstunde! Keiner von Denen, für die sie so viel gethan, weder ihr Sohn, noch einer ihrer Verwandten und nähern Bekannten war bei ihr, als sie am Abend des siebenzehnten Februar 1728 von der Erde schied.

Still und einsam hatte sie schon während der letzten Jahre ihres Lebens im Stifte zu Quedlinburg gelebt und reich an Kummer und Sorge waren diese Jahre gewesen, wo es ihr oft am Nothdürftigsten gemangelt. — Nie war eine Klage über ihre Lippen gekommen über den traurigen Ausgang ihres Geschicks, das sie sich selbst in thörichter Verblendung bereitet — über ein Leben, das so verfehlt! — —

Unter ihrem geringen Nachlasse, der hauptsächlich in Papieren bestand, fand sich ein Brief an Anna Agriconia, die sie überlebte und Dieser enthielt die Worte:

„Dein Fluch hat sich erfüllt — das Schicksal Deines Bruders sich an mir gerächt! — Vergieb mir, wenn Du diese Zeilen liest, wie ich Dir längst vordem vergeben habe, ehe ich sie geschrieben!

„Quedlinburg, den 16. Februar 1728.

„Aurora von Königsmark.“

Anna ging mit diesem Briefe an das Grab ihres Bruders, benetzte es mit heißern Thränen, wie gewöhnlich; doch die Bitte Aurora's erfüllte sie nicht — es war ihr unmöglich, den glühenden Haß gegen Diejenige aus ihrer Seele zu reißen, die das ganze Leben Dessen vergiftet, den sie über Alles geliebt! — —

Dieser Haß wurde Anna Agriconia in spätern Jahren selbst zur Qual und sie glaubte ihn aus ihrer Brust verbannen zu können, wenn sie die Todesstätte ihrer Feindin gesehn. — So reiste sie denn in ihrem hohen Alter noch nach Deutschland — nach Quedlinburg!

Zehn Jahre ruhte Aurora schon in ihrer Gruft

und Anna Agriconia ließ sich dort hin führen. — Wie schon Tausende vor ihr das Wunder angeschaut: „daß die Schönheit Aurora's sich in vollkommnem Glanze erhalten," — so blickte auch Anna Agriconia staunend in das Antlitz ihrer Feindin, die wie eine friedlich Schlummernde vor ihr lag.

Ob es dem milden Ausdruck dieser Züge nicht vielleicht gelungen wäre, die Eisrinde des starren Herzens zu schmelzen, wenn nicht ein böser Zufall dazwischen getreten, bleibt dahingestellt! — Anna's Blick fiel auf eine einfache Perlenschnur, die den schlanken Hals der Todten umschloß.

Sie erkannte diese Perlenschnur; ihr Bruder hatte sie Aurora an ihrem siebzehnten Geburtstage geschenkt! — Als sie fragte, wie es komme, daß die Gräfin, die so viel kostbaren Schmuck besessen, diese einfachen Perlen trage, antwortete man:

„Gräfin Königsmark hatte schon lange vor ihrem Tode allen Schmuck verkauft, um Schulden ihres Sohnes zu zahlen; nur diese Perlen hat sie behalten, die ihr wohl besonders lieb waren und bestimmt: man solle sie ihr mit in das Grab geben!"

„Weiß man von wem sie sind?“ fragte Anna mit Thränen.

„Ja! — sie sollen ein Geschenk jenes jungen Schweden sein, der als Bettler im grünen Gewölbe zu Dresden steht.“

„Als Bettler? —“ schrie die Schwester voll Entsetzen.

„Als Bettler!“ erwiderte gelassen die Pförtnerin.

Anna Agriconia reiste nach Dresden und erfuhr dort den Zusammenhang; sie that Alles, um ihren Bruder dem Geschick zu entreißen, das sie so schmachvoll — so entsetzlich fand — sie that aber Alles vergebens! Samuel Akerjhelm war ein um die Liebe der Gräfin Königsmark Werbender gewesen, gehörte zu der Anzahl Derer, die als „Bettler um ihre Gunst“ bezeichnet worden und — blieb im grünen Gewölbe! — —

Noch einmal stand Anna Agriconia an Aurora's Sarge und indem sie den letzten Blick des Hasses auf die Todte warf, murmelte sie leise: „So sollst Du auch vergeblich um meine Verzeihung gefleht haben — wie ich vergebens um die Freiheit des Bettlers gefleht!"

Als die Pförtnerin das nächstemal Fremde zur Gruft der Gräfin Königsmark geleitete, entdeckte sie, daß die Perlschnur fehlte.

Der Verdacht fiel auf Anna Agriconia; doch man wußte nicht, wer sie war — wo sie geblieben! — man konnte sie nicht verfolgen!

Anna Agriconia starb 1750 in ihrer Heimath, im Alter von neunzig Jahren und als man sie eines Morgens todt in ihrem Zimmer fand, hielten ihre eiskalten Finger eine kleine Perlenschnur umfaßt. Man konnte sie ihr nicht nehmen — sie schien mit ihrer Hand verwachsen und ihre Verwandten, die die traurige Geschichte jener einfachen Perlenreihe kannten, ließen die Schnur in ihrer Hand — sie wurde mit ihrem Raube begraben!

Ist nun auch auf Erden — dem großen Reiche der unerfüllten Wünsche, — Aurora von Königsmark's Wunsch unerfüllt geblieben, so wollen wir hoffen, daß sie im Himmel Vergebung für die unbedachten Handlungen ihres Lebens gefunden, die wie ein dunkler Schleier ihre glanzvolle Erscheinung umhüllen.

Möge sich auch eine andere Hoffnung erfüllen, die sich wohl im Herzen eines Jeden regt, der in Quedlinburg die Gruft Aurora's besucht — die Hoffnung: daß sie endlich dem schmachvollen Geschick entgeht: — noch täglich für Geld gezeigt zu werden!

Aurora von Königsmark, die Tochter einer so hochgestellten, so verdienstvollen Familie des Schwedischen Reichs — der Abkömmling eines so tapfern, kühnen, edlen und berühmten Geschlechts — Sie — die Stolze, die Unnahbare, ist jetzt Jedem zugänglich — für einige Kupfermünzen erreichbar — und Sie, die bei ihren Lebzeiten eine so gefeierte Schönheit, erregt jetzt, als abschreckende Mumie, Entsetzen — Ekel!

Schließe ein Machtspruch daher endlich ihren Sarg — mache ein Machtspruch endlich jener elenden Gewinnsucht ein Ende — treibe man endlich keinen Handel mehr mit jener unglücklichen Todten!

Aurora von Königsmark starb am siebenzehnten Februar 1728 — wir schreiben heute den dreiundzwanzigsten Juni 1861. — Weit über hundert Jahre sind nach ihrem Tode vergangen — lange Zeit genug, um endlich die Neugierde der Welt befriedigt zu haben — hohe Zeit, um endlich Ruhe auf Erden zu finden!

Der verschmähte Kuß.

Erstes Kapitel.

Im Winter des Jahres 1786 fand in dem Hause eines reichen Privatmannes in Berlin ein glänzender Ball statt. Wie es hieß, wurde er zu Ehren einer jungen Frau gegeben, welche die Flitterwochen ihrer Ehe in Preußens Residenz verlebte und sich vermöge ihrer Schönheit alle Herzen huldigend zu Füßen zog und selbst den Kältesten und Starrsten bezauberte und entzückte.

Frau von R . . . . . g, diese gefeierte Dame, war die Tochter eines der reichsten und angesehensten Edelleute Westphalens und seit Kurzem die Frau eines Gutsbesitzers jener Provinz, der ihr an Geburt und Vermögen gleich stand. Sie war glänzend erzogen, hatte stets in der besten und vornehmsten Gesellschaft gelebt, besaß eine blendende, fesselnde Erscheinung und gehörte zu den verwöhntesten Lieblingen des Glücks. Bot ihr Berlin auch vieles Neue, manches Seltene, so doch keine ungewohnte Huldigung! — Alles in jenes Fach Schlagende war der „reichen Erbin", dem „schönen Mädchen" von frühester Jugend auf als ein ihr gebührender Tribut dargebracht worden, und stets umgeben gewesen von Verehrern, von Bewunderern, kannte sie nur die Rolle — Königin des Festes zu sein, das sie mit ihrer Gegenwart beglückte. Lange war für sie schon die Zeit vorüber, wo das duftende Aroma der Schmeichelei den Sinn berauscht. Sie hätte nur durch eine fehlende Huldigung überrascht werden können; eine ihr zu Theil werdende Anerkennung vermochte es nicht mehr, sie in Erstaunen zu versetzen. So blickte sie denn mit zwanzig Jahren ruhig in die Welt, gleichgültig auf den dichtesten Kreis der Verehrer. Ihr strahlendes Auge verlor nie den kalten Schein, der selbst den Keckften und Zudringlichsten in ehrerbietiger Entfernung hielt. Das Feuer dieser großen, schön geschnittenen, durch lange dunkle Wimpern umschleierten Augen mahnte unwillkürlich an den funkelnden Glanz jener kostbaren Brillanten, die mit diademartigem Schmucke ihr glänzend schwarzes Haar zierten, ihren im zartesten

Weiß schimmernden Hals und ihre vollen Arme umschlossen und gleich blendenden Thautropfen auf den Kelchen der Blumen zitterten, mit denen ihr schneeweißes, rauschendes Altlasgewand bedeckt war. Zu dem kalten Strahle dieses Auges paßte vortrefflich die stolze Haltung ihrer großen, schlanken Gestalt. Beides gab ihr einen Ausdruck von Hoheit und Würde, Beides verlieh ihr einen Anflug königlicher Majestät, und mit diesem stand wiederum ihr Wesen, das sehr an, „Wir von Gottes Gnaden" mahnte, im vollendetsten Einklange. Frau von R . . . . . g war von der Natur zur Königin geschaffen, und dem Geschicke, das sie nicht auf den ihr anscheinend bestimmten Platz gestellt, kam die gefällige, bewundernde Menschheit zu Hülfe, indem sie der schönen, stolzen Dame wenigstens stets auf Stunden bereitwillig ein Reich zur ausschließlichen Herrschaft eröffnete.

Auch an diesem Abende war Frau von R . . . . . g die regierende Königin. Auf ihren Wunsch tanzte man und war sie ermüdet, schwieg die Musik. Gegen Mitte des Balles hatte sich die schöne, launenhafte Göttin des Festes für eine Stunde den Tanz verbeten. Sie wollte sich unterhalten und wollte ihr klangvolles Organ nicht durch das Getöse der Musik übertönt haben. Etwas ermüdet vom vielen Tanzen, ein wenig abgespannt durch all die Worte, die sie schon tausendfach in ihrem Leben vernommen und welche täglich von ihrer Umgebung variirt wurden, lehnte sie auf purpurrother Ottomane, senkte das leuchtende Auge und zerpflückte mechanisch die vollen Rosen eines prachtvollen Bouquets, das ihr der galante Wirth kurz zuvor gereicht hatte.

Die Ottomane stand in einer Ecke des Saales, wo zwischen Palmen aus marmornem Bassin duftende Essenzen aufstiegen und mit leisem Plätschern in die Fluth von Aroma zurückfielen. Eine der mächtigsten Palmen, eine herrliche Bambusa arundina, überschattete laubenartig die Ottomane und den Platz, wo die schöne Frau saß. In leuchtender Schönheit trat ihre lichte, glänzende Erscheinung aus dem leichten Halbdunkel hervor, das diese Stelle des Saales umhüllte. Bewundernd hing gar mancher Blick an diesem seltenen Bilde, und seine außergewöhnliche Schönheit fesselte auch plötzlich mit magnetischer Gewalt ein Auge, das mehrere Sekunden prüfend über die versammelte Gesellschaft fortgeglitten und an keiner der anwesenden Erscheinungen haften geblieben war.

Die magnetische Gewalt schien rückwirkend zu sein. Der gesenkte Blick Frau von R . . . . . g's hob sich unter dem fest und forschend auf ihr ruhenden Auge und begegnete einer Gestalt, die sie schon einmal gesehen, die ihr schon einmal imponirt hatte und auch jetzt nicht verfehlte, einen vortheilhaften Eindruck auf sie zu machen. Es war die hohe muskulöse Figur eines Mannes von ungefähr vierzig Jahren, der in seinem Anstande etwas Kühnes, Freies und Majestätisches besaß. Diesen Ausdruck verrieth auch jeder Zug des bedeutenden Gesichts. Es war ein so charaktervolles, so schönes Antlitz, wie Frau von R . . . . . g sich nicht erinnerte, je gesehen zu haben. Indem sie all die Vorzüge jenes in der Thüre des Nebenzimmers lehnenden Herrn anerkannte und mit dem flüchtigsten Blick überschaute, daß sich ihr eine außergewöhnliche Erscheinung zeigte, durchkreuzte der Gedanke ihren Sinn, daß diese ihr Achtung und Interesse einflößende Persönlichkeit versäumt hatte, sich ihr vorzustellen, und bis jetzt noch nicht durch das kleinste Zeichen verrathen, daß sie die Macht ihrer Reize anerkenne.

Diese plötzliche Ueberzeugung bestürmte die verwöhnte Dame so überwältigend, daß ihr Mißmuth über die bisherige Vernachlässigung sie nicht bemerken ließ, daß Derjenige, der bisher ungerührt durch ihre Schönheit geblieben, sie jetzt anerkannte und bereit schien, seinen Fehler auf glänzende Weise wieder gut zu machen.

Bei der unangenehmen Erkenntniß, daß die unstreitig bedeutendste Persönlichkeit der Gesellschaft keine Notiz von ihrem Dasein genommen, legte sich ein tiefes brennendes Roth über das Antlitz der jungen Freifrau. Ihr funkelndes Auge senkte sich von Neuem und die feinen Lippen zuckten unmuthig, als sie mit einer Geberde heftiger Erregung den letzten Rest ihres schönen Rosenbouquets zerstörte.

Das scharfe Auge des Beobachters gewahrte nicht allein das Erröthen, das stolze Zurückwerfen jenes herrlichen Kopfes, das an Mitleid und Verachtung streifende Lächeln und die Geberde des Unmuths — er errieth den Grund all dieser unwillkürlichen Bewegungen. — Ein Lächeln ganz verschiedener Art umspielte die Lippen seines feingeschnittenen Mundes — es war das des genauen Kenners weiblicher Schwäche! — Flüchtig strich er mit seiner wohlgeformten Hand den etwas lang herabhängenden

Schnurrbart, warf dann mit rascher Geberde die Portière zurück, welche den Eingang zum Nebenzimmer halb verhüllte, überschritt die Schwelle und näherte sich mit edlem Anstande der Ottomane, wo die von ihm bisher vernachlässigte Dame saß.

Gleich dem leichten Schatten der Palmblätter, welche dunkle Reflexe auf die lichte, glanzumflossene Erscheinung der schönen Königin des Festes warfen, zitterten Gedanken durch die Seele der jungen Frau, die mit düsterem Schein die freudigen, siegesbewußten Gefühle ihres Innern umwoben.

„Wer mag er sein?“ Das hatte sie sich schon das erste Mal gefragt, als ihr Blick jenes kühne, freie und offene Antlitz, jene hohe, imponirende Gestalt bemerkt.

„Wer mag er sein?“ Diese Frage, die sie zu stolz war an Jemand zu richten, und welche sie sich nur heimlich vorzulegen wagte, sie durchkreuzte auch jetzt ihren Sinn, nachdem sie die ihr so widerwärtige und überraschende Erkenntniß gewonnen hatte, daß er der Einzige von Allen in der Gesellschaft war, der ihr nicht gehuldigt. —

„Rittmeister von Blücher!“ ertönte es plötzlich neben ihr.

Frau von R . . . . . g blickte empor. Derjenige, der sich in den Augen der gefeierten Schönheit des strafbarsten Vergehens schuldig gemacht, verbeugte sich mit einem Ausdruck so gewinnender Anmuth vor der Tiefbeleidigten, daß ihr Zorn wie mit Zauberschlag aus ihrer erregten Seele wich. Ein Lächeln, lieblich und reizend, wie es sich selten in dem etwas kalten Antlitz zeigte, erhellte die umdüsterten Züge, und tiefer, als Frau von R . . . . . g es je zu thun pflegte, neigte sie ihr stolzes Haupt vor dem Fremden.

Der Vorstellung folgte Unterhaltung, und sie wurde von beiden Seiten mit gleicher Gewandtheit, mit gleicher Lebendigkeit geführt. Das Auge der schönen Frau leuchtete dabei heller, als es gewöhnlich der Fall war, und das ernste Antlitz des Rittmeister von Blücher zeigte häufiger ein Lächeln, als man es sonst bei ihm zu sehen pflegte. Erst die von Neuem beginnende Musik unterbrach die fließende Unterhaltung der eifrig miteinander Redenden. Eine Wolke überflog die klare Stirn Frau von R . . . . . g's, als der Tänzer erschien, dem sie das Menuett zugesagt; und nicht die kleinste Bewegung machend, um der Aufforderung zu folgen, sprach sie nachlässig: „Ich bin noch sehr müde, Herr von D**!“

„Gnädigste Baronin, Sie versprachen mir seit drei Wochen dieses Menuett!“ rief der junge Mann mit allen Anzeichen bitterer Enttäuschung, und sich zu seinem Landsmann, dem Rittmeister, wendend, setzte er bittend hinzu: „O, Herr von Blücher, helfen Sie mir, Frau von R . . . . . g zu dem Tanz zu überreden!“

„Sein Wort muß man halten, jedes Versprechen ist heilig!“ entgegnete der zur Hülfe Angerufene mit freundlichem Lächeln und verbindlichem Tone; dennoch fiel aus seinem sanftblickenden Auge ein Strahl so mahnenden Ernstes auf die launische Schöne, und seine leichthin gesprochenen Worte hatten einen Anflug so tiefer Bedeutung, daß Frau von R . . . . . g sich schnell erhob.

Dankbar lächelte der Herr, etwas piquirt die Dame den Rittmeister an, indem sie in die Reihen der zum Tanze Antretenden eilten. Mit befriedigtem Ausdruck schaute Der, der die Sache so schnell geordnet, dem jungen Paare nach. Eine Weile sah Herr von Blücher dem graziösen Tanze der schönen Frau zu; dann verschwand er hinter der Portière, die schützend den Eingang zum Spielzimmer verhüllte.

Frau von R . . . . . g söhnte sich mit ihrem Tänzer, der eine so anregende und fesselnde Unterhaltung gestört hatte, aus, als sie bemerkte, wie genau derselbe den Herrn von Blücher kannte, wie warm er ihm anhing und wie bereit er war, ihr die gewünschte Auskunft über ihn zu geben.

Sie hatte bisher noch nichts von ihm gehört. Der Name Blücher besaß zu jener Zeit noch nicht die Berühmtheit, welche der Träger desselben ihm später verliehen. Daß er aber eine bedeutende, hervorragende Erscheinung war, sah und fühlte Frau von R . . . . . g, wenn sie auch nicht dachte, daß ihm eine so glänzende Zukunft bevorstehe, wie seine Thatkraft, sein Muth und seine Kühnheit sie sich geschaffen. Sie streifte nicht gerade oberflächlich über Das, was sie sah, fort, sie blickte aber auch nicht tiefer; da sie sich nun in der Mittelstraße hielt, riefen die Notizen, die sie durch ihren Tänzer, einen pommerschen Landedelmann, erhielt, keinen vorahnenden Gedanken in ihr wach und veranlaßten sie nicht zu dem festen Glauben, daß all die kleinen Züge, welche sie aus Blücher's Leben vernahm, sicherste Gewähr für die Annahme leisten konnten, daß sie bereits die feste Grundlage zu dem Gebäude bildeten, dessen kühner, stolzer Säulenbau bestimmt war, einst von der gesammten Menschheit bewundernd angestaunt zu werden.

Alles, was Frau von R . . . . . g von Herrn von Blücher's bereits bewiesener Energie, Tapferkeit und Kühnheit hörte, fand sie begreiflich, denn es stimmte mit dem Eindruck überein, den sie durch seine Persönlichkeit empfangen. Unendlich belustigte sie die Art und Weise, wie er bei dem großen Könige, dessen Tod das Land zu der Zeit betrauerte, um seinen Abschied eingekommen war, und lachend wiederholte sie des kühnen Rittmeisters Worte: „Der von Jägersfeld, der kein anderes Verdienst hat, als der Sohn des Markgrafen von Schwedt zu sein, ist mir vorgezogen; ich bitte Ew. Majestät um meinen Abschied!" Sie war überzeugt, sie würde diesen originellen Brief Blücher's nie vergessen.

Die Antwort Friedrich des Großen erzählte der für seinen Landsmann eingenommene Tänzer der jungen Freifrau nicht. Vielleicht wollte er zu Jemand, der ihm ein „Engel" zu sein schien, nicht des „Teufels" erwähnen. — Frau von R . . . . . g erfuhr die Entgegnung des beleidigten Monarchen aber noch an demselben Abend von anderer Seite, und die Dame, die ihr erzählte, daß Se. Majestät dem offenherzigen Briefschreiber geantwortet: „Der Rittmeister von Blücher ist seiner Dienste entlassen und kann sich zum Teufel scheeren!“ sie fügte auch boshaft hinzu: „Alle Versuche, die nun Herr von Blücher seit Jahren gemacht hat, um seinen Wiedereintritt in die preußische Armee zu bewerkstelligen, sind vergeblich geblieben, und wahrscheinlich wird auch seine jetzige Bemühung ohne den von ihm so heiß ersehnten Erfolg bleiben.“

„So ist er wohl augenblicklich nur aus dem Grunde in der Residenz, um seine Wiederanstellung zu betreiben?“

„Der und noch ein anderer ebenso wichtiger führt ihn stets nach Berlin, meine liebe Frau von R....g, und täuscht mich nicht Alles, werden Sie diesen Grund bald aus eigener Erfahrung schmerzlich kennen lernen.“

„Ein kalter, stolzer Blick aus dem Auge der Freifrau hemmte den Redefluß der erregten Dame, die jedes Wort mit dem Accent der Bosheit weihte. Einen Moment stutzte Jene vor dem flammenden

Auge, dann rief sie mit kurzem Lachen: „Eh bieu, wir werden sehen! — Herr von Blücher hat jetzt Ihre Bekanntschaft gemacht, und nun wird er die Ihres Herrn Gemahls und dessen voller Börse suchen. Er ist ein rasender Spieler. Ich will Ihnen gratuliren, wenn Sie bei Ihrer Abreise noch im vollständigen Besitz aller Ihrer schönen Diamanten sind.“

Das war der Dame aus der Crème des westphälischen Adels doch zu viel — zu stark! Ihre Brillanten, die seit Jahrhunderten den Sieg über jeden alten kostbaren Familienschmuck davon getragen, sollten von ihrem Manne verspielt werden können! — Eine solche Aeußerung konnte nur mit Verachtung behandelt werden. Sie wurde es. Ein leises Zucken der schönen Schultern, eine flüchtige Neigung der schlanken Gestalt, war Alles, was die im Innern tief empörte Freifrau der boshaften Prophetin zu Theil werden ließ.

Frau von R . . . . . g's Auge durchflog den Saal. Nirgends entdeckte sie jene sich vor Allen auszeichnende Persönlichkeit; aber plötzlich gewahrte sie Herrn von D**. Auf ihren Wink eilte er herbei.

„Sehen Sie meinen Mann nicht?“ — frug sie

eifrig, um die Unterhaltung einzuleiten und auf Umwegen an ihr Ziel zu gelangen.

Nach kurzer Pause rief Herr von D**: „Dort unter den Palmen, Frau Baronin, wo Sie vorhin saßen.“

„Ach ja — ich sehe! — Ist der Herr, mit dem er redet, Ihr Bekannter, — wie heißt er doch? Wir sprachen vorhin mit ihm.“

„Rittmeister von Blücher?“

„Ja, ja. Den meine ich!“

„Nein, der ist es nicht!“

„Er ist wohl schon fortgegangen? Ein Ehemann, ein Vater von mehreren Kindern pflegt kein bedeutendes Interesse mehr für dergleichen Vergnügungen zu haben.“

„Sie haben Recht, Gnädigste; aber so viel ich eben sah, wird Herr von Blücher noch durch das Spiel hier gefesselt. Er ist dort im Nebenzimmer.“

„Ah — so! Also der Rittmeister ist Spieler? Man sagte mir folglich keine Verläumdung.“

„Wenn auch kein Spieler, Frau Baronin, so mindestens der Leidenschaft etwas ergeben. Das kann ich nicht leugnen! — Sie werden stets finden, daß, wo viel Licht ist, auch Schatten zu sein pflegt.

Hat aber die Dame, mit der ich Sie eben reden sah, Ihnen die Notiz über den Rittmeister gegeben, so bedenken Sie, daß diese eine gegen ihn erbitterte Persönlichkeit ist, weil sie oft beim Whist zehn Groschen an ihn verloren und dieser Verlust sich vorgestern bis zum halben Thaler gesteigert hat."

Frau von R . . . . . g lachte. Das Lachen war aber gezwungen, denn sie dachte an etwas Anderes, das sie lebhaft beschäftigte. Von einer glücklichen Idee plötzlich durchleuchtet, fragte sie eifrig: „Spielt der Rittmeister heute auch mit Damen?"

„Nein! Die Herren machen jetzt dort ein kleines Hazardspiel."

„O wie gerne sähe ich dem einmal zu!"

„Darf ich Sie hineinbegleiten?"

„Darf ich denn dort eintreten?"

„Warum nicht?"

Die junge Frau zögerte.

„Wir suchen Ihren Herrn Gemahl, Gnädigste! Er ist jetzt so hinter den Palmen versteckt, daß —"

„Gut, gut! Wir suchen ihn. — Schnell fort, ehe er wieder hervortaucht!"

Das Paar verschwand hinter der herabgelassenen Portière. Das Nebenzimmer zeigte sich der

Baronin als ein großes, weites Gemach. Nur einzelne der verschiedenen darin befindlichen Spieltische waren um die späte Stunde noch besetzt; aber dicht geschaart standen um einen länglichen Tisch, in der äußersten Ecke des Zimmers, ältere und jüngere Herren. Dort wurde Pharo gespielt, und Rittmeister von Blücher war der Bankhalter.

Die ihn bewundernde Frau sah fast eine halbe Stunde dem wechselnden Spiele des Glücks zu, ohne daß Jemand ihre Anwesenheit bemerkte. Sie erblickte mehrere Haufen Gold und Silber vor dem Rittmeister, sah die bereits angesammelten Schätze bald sich mehren, bald schwinden und fand, daß keiner dieser Wechsel eine Veränderung in dem Antlitz des Herrn von Blücher hervorrief, sondern daß dasselbe eine unerschütterliche Ruhe, einen unbezwinglichen Gleichmuth ausdrückte. Im scharfen Gegensatze zu diesem unbeweglichen Antlitze standen viele erregte Blicke, viele bleiche, farblose und dunkelgeröthete Gesichter der andern Spieler.

Frau von R . . . . . g sah dieser gewaltigen Leidenschaft zum ersten Male im Leben in's Auge, und die Wirkung blieb nicht aus.

Mit lebhaftem Antheil verfolgte Frau von R . . . . g

das sich steigernde Pointiren und das wiederholte Parolibiegen eines jungen Officiers, die schwindenden Schätze des Rittmeisters, des Einen Glück, des Andern Unglück! — die Kühnheit des Pointeurs, der plötzlich den ganzen Gewinn auf die eine Karte setzte, die ihm zehnfach Glück gebracht, machte sie verstummen; doch der schnelle Verlust seines rasch erworbenen Reichthums entlockte ihr einen leisen Schrei des Mitleids. Man sah sich um und erkannte die schöne Beobachterin. Die ihr am nächsten Stehenden wichen ehrerbietig zurück, unwillkürlich wurde sie gezwungen vorzutreten und in der folgenden Sekunde stand sie Herrn von Blücher am Tische gegenüber.

„Ich suche meinen Mann!" sagte sie mit jenem bezaubernden Lächeln um sich blickend, das den eifrigsten Spieler mit der eingetretenen Störung aussöhnte.

„Und erschienen für mich als Glücksgöttin!" sprach der Rittmeister verbindlich, indem er auf seinen wiedergewonnenen Reichthum deutete. Er fuhr nach kurzer Verbeugung gegen sie im Spiele fort. Sie schien wirklich ihm als Schutzengel gegenüber zu stehen, denn das Glück wandte allen

Pointirenden den Rücken und blieb ihm treu. Die den Spieltisch umgebende Menge lichtete sich, nachdem nicht Wenige stark verloren hatten.

„Pointiren Sie doch einmal, gnädige Frau!“ rief plötzlich Herr von D**.

„Hätte ich Geld bei mir, im Augenblick!“ entgegnete sie mit ungewöhnlicher Lebhaftigkeit und blitzenden Augen.

Herr von Blücher schob ihr Gold zu, rief aber zu gleicher Zeit warnend: „Fordern Sie nicht das Geschick heraus, das Sie mit allen Gaben des Glücks überschüttet! Hier kann es Ihnen unmöglich auch hold sein!“

„Wir wollen sehen!“ rief die schöne Frau übermüthig und legte das erhaltene Geld auf eine Karte.

„Wie? so muthig?“ sprach der Rittmeister staunend und zögernd.

„Bitte, legen Sie Ihre Karten aus!“ entgegnete sie in fieberhafter Hast.

Er that es. Sie verlor.

„Borgen Sie mir mehr, Herr von Blücher.“

„Gern! Doch —“

„Bitte, jenes Gold!“

Der Rittmeister erfüllte den mit Ungeduld ausgesprochenen Wunsch der Dame und reichte ihr 400 Louisd'or.

Frau von R . . . . . g setzte 200 Louisd'or auf eine andere Karte. Sie verlor, setzte von Neuem 100, verlor abermals, borgte noch 200 Louisd'or, wagte diese an einen einzigen Wurf — gewann, bog Paroli und gewann wieder.

„Nun hören Sie aber auf, Gnädigste!“ rief der Rittmeister lachend, indem er der todtenblassen, entsetzlich erregten jungen Frau die gewonnenen 600 Louisd'or überreichte.

„Nein, o nein, ich höre nicht auf, ich spiele noch weiter!“ rief sie lebhaft und setzte die Hälfte des Goldes auf ein Coeur-Aß.

„Sie sind zu aufgeregt, gnädigste Frau, zu leidenschaftlich!“

„Was thut das?“

„Sie werden verlieren!“

„Weiter nichts?“

„Ist das nicht genug?“

„Nein, ich bin zu reich, um mich ruiniren zu können.“

„Sie sind aber Dame, und — ein Verlust wird Sie ärgern.“

„Wollen wir es abwarten, Herr Rittmeister?"

„Ich stehe zu Befehl, Frau Baronin!" erwiderte er mit verbindlichem Lächeln.

Das Spiel begann von Neuem, Beide spielten allein. Kein Anderer setzte und alle Umstehenden blickten mit Interesse auf die schöne Frau, die, je länger sie pointirte, immer größere Summen wagte und kaum den Verlust und Gewinn mehr zu unterscheiden schien. Sie gerieth von Moment zu Moment mehr in Leidenschaft, ihre Augen glühten, ihre Wangen brannten, ihr ganzes Wesen erlitt die auffallendste Veränderung und verrieth eine convulsivische Erregung. Spurlos ging es an ihr vorüber, was sich in ihrer nächsten Nähe ereignete. Sie sah nicht, daß Einzelne den Spieltisch verließen, Andere kamen; sie bemerkte nicht die Anwesenheit ihres Mannes, der sie erstaunt und lächelnd betrachtete und dann leise seinen Rückzug nahm; sie befolgte nicht die Warnungen ihres Gegners, griff nur mechanisch nach dem Golde, das er ihr borgte, setzte, ohne zu zählen, verlor, ohne es zu beachten.

Das Glück, das anfangs wechselnd gewesen, sich bald dem Herrn, bald der Dame zugeneigt hatte, floh im Verlaufe des Spiels die junge Frau vollständig und blieb dem Rittmeister treu.

„Wie viel habe ich jetzt verloren?“ fragte Frau von R . . . . . g nach ungefähr einer Stunde und lehnte sich, tief Athem holend, gegen ihren Stuhl zurück.

Man berechnete die Summen. Sie hatte nah an 20,000 Thaler verloren. Ueber ihr jetzt bleiches Gesicht glitt kein Ausdruck der Ueberraschung. Lachend rief sie: „Ihr Geld, Herr von Blücher, hat mir kein Glück gebracht! darf ich einmal mit meinem Eigenthum spielen?“ Sie streifte bei diesen Worten eins ihrer kostbaren Brillantarmbänder ab und legte es auf eine Karte. Der Rittmeister von Blücher widersetzte sich ihrem Vorhaben auf das Entschiedenste. Sie bestand mit Beharrlichkeit auf ihrem Willen. Scherzend entgegnete er: „Ich sagte es Ihnen bereits vorhin, gnädigste Frau, das Glück kann Ihnen im Spiele nicht hold sein, denn es hat Sie zu seinem Lieblinge in der Liebe erwählt. Sie brechen zu viele Herzen, und Solchen bringen die Karten nie Segen!“

„Versuchen wir es noch einmal, Herr von Blücher!“ bat die schöne Frau mit einem Blick, dem der einst so tapfere Krieger nicht zu widerstehen vermochte und vor dem der spätere kühne Held, dessen Losung das „Vorwärts“ war, erbebend zurückwich.

Er nahm den kostbaren Satz an, und die Hand, die in dem Augenblick die Karten umschlug, zitterte leicht.

Dem einen Armbande folgte das andere, das Frau von R . . . . . g ebenfalls abstreifte; dann deutete sie auf ihr Collier. Herr von Blücher zögerte. — Noch ein bedeutungsvoller Blick, und er wurde abermals gezwungen. — Dem Collier folgte das Diadem, diesem Knöpfe, Nadeln, Spangen, und nach zehn bis fünfzehn Minuten besaß sie nur noch die Diamanten, die als Thautropfen an den Blumen ihres Kleides glänzten.

„Jetzt ist's genug!“ sagte sie leise und erhob sich langsam von ihrem Stuhle.

Der Rittmeister sprang lebhaft empor, ergriff die Armbänder und näherte sich der jungen Frau.

„Bis morgen Credit, Herr von Blücher!“ rief sie lebhaft, „dann wird mein Mann den Schmuck einlösen, und die übrige Schuld tilgen.“

„Darf ich Sie ergebenst ersuchen, diese Bracelets anzulegen, Frau Baronin?“ entgegnete er verbindlich.

„Nein, nein. Sie bleiben bis morgen in Ihrer Hand. Hier auch das Diadem!“ rief sie noch erregter und löste schnell den Schmuck aus ihrem Haare und legte ihn, ehe er es verhindern konnte, auf die Armbänder.

„Ich bitte!“ flüsterte er leise und sein Auge sah flehend auf die junge Frau. Der Blick verwirrte sie; hastig, scheu, verlegen wich sie zurück; abwehrend streckte sie ihre Hand nach ihm aus, als er mit jenem Blicke folgte, der bis in das tiefste Innere ihres Herzens drang.

„Gnädige Frau!“ rief er dringender.

„Bitte — nein! — Nein, nein, ich kann nicht!“ hauchte sie kaum hörbar.

Das Wesen des Flehenden erlitt eine schnelle und plötzliche Veränderung, in dem leichten üblichen Tone der Conversation sagte er freundlich: „Sie nehmen den Scherz zu ernst, Gnädigste. Ich bitte, betrachten Sie die Sache als eine flüchtige Unterhaltung!“

Frau von R . . . . . g blickte fast entsetzt emvor. Ueberrascht rief sie: „Wie, Sie wollten Verzicht leisten auf den ganzen Gewinn? — Unmöglich, Herr von Blücher!“

„Warum unmöglich, Frau Baronin?“

„Weil meine Schuld sich jetzt ungefähr auf 40,000 Thaler belaufen wird. Veilleicht noch höher, da die Steine überaus werthvoll sind.

„Gut, lassen Sie es 50,000 Thaler sein; das thut nichts zur Sache.“

„Die wollten Sie entbehren?“

„Ein Grund, lebhaft darnach zu verlangen, ist nicht vorhanden. Ich werde auch ohne die Summe fertig werden!“ antwortete er stolz.

Es entstand eine kurze Pause. Erwartungsvoll sahen alle Anwesenden dem Ende der seltsamen Scene entgegen.

„Nein, nein, Herr von Blücher, ich kann das großmüthige Anerbieten nicht annehmen. Ich kann nicht so tief in Ihrer Schuld bleiben.“

„Der Gedanke ist Ihnen also unangenehm?“

„Sehr.“

„So geben Sie mir einen Kuß, und — ewig bleibe ich Ihr Schuldner!“

Ein glühendes Erröthen überflog das marmorbleiche Antlitz der jungen Frau. Mit Blitzesschnelle zuckten die Gedanken durch ihre Seele, wer und was sie — wer und was er war! Sie — der Sprößling eines der ältesten Adelsgeschlechter Westphalens — unermeßlich reich! — Er arm, verabschiedeter Rittmeister — pommerscher Landedelmann und — Spieler! — Sie trat einen Schritt zurück, maß den vor ihr stehenden kühnen Forderer mit einem ihrer kältesten Blicke, warf stolz ihr schönes Haupt zurück und sprach in scharfem, kaltem, ruhigem Tone: „Ich danke! — mein Mann wird morgen früh meine Schuld an Sie abtragen.“

Mit der Würde einer Königin schritt sie aus dem Zimmer. Bewundernd folgten ihr Aller Augen, dann wandten sich die Blicke lächelnd zu dem Rittmeister. Er stand mit fest aufeinander gepreßten Lippen, mit finster zusammengezogenen Brauen da, und sein Auge blickte so starr zu Boden, als könne es sich nimmer von dort erheben. Dennoch schaute er im nächsten Moment frisch und fröhlich auf, als sein Gönner, General von Bischoffswerder, ihm heiter zurief: „Das war eine verlorne Schlacht, lieber Blücher; indessen, ein guter Soldat verzagt nicht so leicht und vertröstet sich stets auf die Zukunft, wo sich ihm die Hoffnung eröffnet, die empfangene Scharte auswetzen und — glückliche Revanche am Feinde nehmen zu können!“

Zweites Kapitel.

Dreißig Jahre waren vergangen. Blücher hatte sich in diesem Zeitraume durch seinen Muth, seine Kühnheit und Tapferkeit vom einfachen Rittmeister eines Husarenregiments zum Generalfeldmarschall der preußischen Armee emporgeschwungen. — Ihm war jede nur mögliche Auszeichnung zu Theil geworden, und bewundernd wurde sein Name von ganz Europa genannt. Huldigend lag ihm die Welt zu Füßen, als er mit den unverwelklichen Lorbeeren des Sieges geschmückt nach dem Friedensabschlusse aus Paris heimkehrte. Seine Reise zur Heimath glich einem Triumphzuge; überall wo der greise Held sich blicken ließ, begrüßte man ihn als den größten Helden seiner Zeit.

Längst hatten die bedeutenden Ereignisse seines vielbewegten ruhmgekrönten Lebens jenes kleine unbedeutende Erlebniß mit Frau von R.....g verwischt. Vor den stürmischen Scenen des Kriegs- und Lagerlebens war die Erinnerung an jenes Spiel am Ballabend gewichen und — vergessen hatte der Held, der Sieger, der Fürst und Feldmarschall die kleine Niederlage, die ihm als zweiundvierzigjährigem verabschiedetem Rittmeister durch eine junge Frau bereitet worden. — Das Geschick, das ihm in jeder andern Beziehung günstig gewesen und ihn zu seinem entschiedenen Lieblinge erkoren, es hatte versäumt, ihm jene Gelegenheit zu bieten, mit der damals der General von Bischoffswerder den erregten Mann getröstet und auf die der Gekränkte und Verspottete gehofft. Lange war das Gefühl eine schmerzende Wunde gewesen, endlich hatte sie der Alles beschwichtigende Lauf der Zeit geheilt, und seit vielen Jahren war sie vernarbt.

Der greise Held dachte, als er im Januar des Jahres 1817 nach Berlin kam, nicht daran, daß er dort noch eine Rechnung mit Menschen abzuschließen haben würde. Das Geschäft glaubte er besorgt zu haben, mit der Welt dachte er fertig zu sein. Sein Gewissen sagte ihm, daß er im Leben seine Schuldigkeit gethan, die ihn bewundernde Menschheit fand, daß er Unglaubliches geleistet. Dachte er also daran, mit irgend Etwas Rechnung abschließen zu müssen, so war's mit dem Himmel, und voller Seelenruhe war er dazu bereit. — Frei und offen, wie er jederzeit in's Leben geblickt, sah er nun nach Oben, und stieg auch hie und da eine kleine Erinnerung in ihm auf, die nach seiner Ansicht den heiligen Petrus hätte zögern lassen können, ihm die Pforten der ewigen Seligkeit zu erschließen, so beruhigte er sich mit dem Gedanken: „Oeffnet er sie dir nicht, so thust du es selber, und der alte Blücher, der mit so Vielen fertig geworden, wird auch schon mit dem Petrus zu Stande kommen!"

So verlebte denn Held Blücher froh und unbekümmert die letzten Jahre seiner irdischen Laufbahn. Er erfreute sich einer für sein Alter seltenen Gesundheit. Namentlich der Winter 1817 fand ihn wohlauf und kräftiger, als er sich die Zeit vorher gefühlt. Er bewohnte in Berlin jenes Haus am Pariser Platze, das ihm der König mit dem Bemerken geschenkt hatte: „der Siegesgöttin, deren Liebling er gewesen, und die er mit aus Paris heimgebracht habe, möglichst nahe zu sein."

Ging Blücher auch selbst nicht mehr viel in Gesellschaft, so liebte er es doch, Leute bei sich zu sehen, und seine Freunde führten häufig Fremde bei ihm ein, die nach der Ehre strebten, im gastlichen Hause des Siegers von Waterloo aufgenommen zu werden.

Unter diesen fremden Gästen begegnete des Fürsten Auge eines Abends einer Gestalt, die ihm sofort bekannt schien und in der er, trotz des langen Zwischenraumes vieler Jahre, jene schöne Frau von R . . . . . g wiedererkannte, die damals alle Herzen entzündet und auch das seinige — wenigstens auf Stunden — zum schnelleren, heftigeren Schlagen gebracht.

Die Wiedererkennung würde vielleicht nicht so schnell erfolgt sein, wenn nicht zwei Dinge wesentlich zu ihrer Erleichterung beigetragen hätten. Die hohe, edle Stirn der überaus stattlich aussehenden Dame schmückte nämlich ein Brillantdiadem von so antiker, seltsamer Fassung, daß, wer dasselbe einmal erblickt, nicht so leicht vergaß, es gesehen zu haben. Außerdem war das schwarze Sammetkleid, das sie trug, reich mit Diamanten verziert, die auch wie das Diadem den Stempel trugen, einem Familienschmucke zu entstammen, wie er nur noch in alten angesehenen Adelshäusern anzutreffen ist. Dieses kostbare Diadem, diese antiken Armspangen, das herrliche Collier — — Alles war einmal, wenn auch nur während weniger Stunden, des Fürsten Eigenthum gewesen, und der Feldmarschall entsann sich, was er als Rittmeister besessen! — — —

Ein ebenso schnell und gut wirkendes Erkennungszeichen war die zur Seite der ältern Dame stehende schlanke, jugendliche Erscheinung. Sie war das verkörperte Ebenbild ihrer entschwundenen Jugendzeit, und in lieblicher Anmuth waren in diesem zarten, feinen Antlitz all die edlen schönen Züge der einst so blendenden Mutter wiedergegeben.

„Frau von R . . . . . g! — Wie freue ich mich, Sie wiederzusehen!“ rief der Fürst, freundlich und ohne Groll derjenigen die Hand reichend, die ihn einst so schnöde behandelt.

„Ist's möglich, Durchlaucht erkennen mich wieder?“ entgegnete die Freifrau auf's Aeußerste geschmeichelt, und ein Lächeln stolzen Triumphes umspielte die etwas eingesunkenen Züge des Mundes.

„Das kann Sie, die Sie die ewige Jugend zu besitzen scheinen, doch unmöglich in Erstaunen versetzen, gnädigste Frau.“

„Doch, doch, Durchlaucht, denn es sind länger als —“ Frau von R . . . . . g stockte. Sie konnte sich nicht entschließen, den ihr so widerwärtigen Zeitraum von dreißig Jahren anzugeben. Voll Gewandtheit sich zu helfen wissend, setzte sie schnell hinzu: „Es sind viele Jahre seitdem vergangen, wo ich das Glück hatte, Ew. Durchlaucht zu sehen!“

„Ich fühlte stets schmerzlich diesen langen Zeitraum, Gnädigste; doch — in diesem Augenblicke machte Ihre noch immer so blendende Schönheit mich die Reihe der Jahre vergessen.“

Die Straußfedern am Toque der stattlichen Freifrau wiegten sich anmuthig, als sie wohlgefällig ihr etwas taubes Ohr den galanten Worten des Fürsten lieh. Ihr Lächeln verschwand aber, als er sie bald über ihre schöne Tochter vergaß, mit der er heiter plauderte und neckend scherzte. Nie fühlte sie es noch so scharf und bitter, welch gefährliche Nebenbuhlerin sie an ihrem reizenden Kinde besaß! — Ihre Stirne legte sich in schwere Falten, ernst und strenge, kalt und unerbittlich wurden ihre Züge, als sie sich, nachdem der Fürst gegangen, zu ihrer Tochter wandte und tadelnd sprach: „Du verstehst es noch immer nicht, Dich zu benehmen, bist stets zu laut, lachst zu viel, hast keine Manier, keinen Anstand! — Gehe daher im Augenblick zu Deinem Vater und laß Dich von ihm nach Hause geleiten, wo Du über Dich nachdenken magst!"

Die junge Schöne neigte demüthig ihr liebliches Köpfchen, wagte dann mit zitternder Stimme eine Entschuldigung, eine Bitte; doch die gestrenge Mutter beseitigte kurz jeden Einwand, und die reizende Tochter verschwand aus dem Salon des Fürsten, wo Frau von R . . . . . g allein zu herrschen beabsichtigte.

Daß der Feldmarschall der Neigung des Rittmeisters treu geblieben, zeigte Frau von R . . . . . g der sehr bald arrangirte Spieltisch. Auch sie hatte nie wieder der Leidenschaft entsagen können, die sie dreißig Jahre zuvor plötzlich mit Allgewalt erfaßt hatte. Im weitern Verlauf des Abends spielten der Fürst und die Freifrau wieder allein, denn jeder der übrigen Mitspieler war scheu vor den bedeutenden Summen zurückgewichen, um welche sie spielten.

Plötzlich erinnerten sich Einzelne der Anwesenden an jene Spielscene vor dreißig Jahren auf dem Balle. Diejenigen, die damals zugegen gewesen, erzählten sie den Andern; und als man lachend des

Endes erwähnte, das sie genommen, und von jenem verschmähten Kusse sprach, erreichten einzelne der Worte das Ohr des Fürsten. Der Gedanke an jene Niederlage färbte sein Gesicht mit dunkler Röthe, und mit scharfem Blicke musterte er seine Gegnerin, die wieder wie einst über dem Spiel völlig ihre Umgebung vergaß.

Das Glück, das Frau von R . . . . . g vor dreißig Jahren am grünen Tische so gänzlich geflohen, schien ihr an diesem Abende zu lächeln. Sie gewann fortgesetzt die höchsten Summen und stand nach Ablauf einer Stunde vermöge ihres gewagten Pointirens auf dreißigtausend und mehrere hundert Thaler.

Die Summe genügte ihr noch nicht. Sie wollte ihren ganzen damaligen Verlust ersetzt haben! — —

Daß sich das Glück nicht zwingen läßt, bewährte sich auch bei ihr in auffallender Weise. Es verließ die von ihm Begünstigte, als es gefesselt werden sollte. Frau von R . . . . . g fing an zu verlieren, und der Verlust machte sie noch leidenschaftlicher, als das Glück. Nun wollte sie erhaschen, was sich ihr entzog; aber immer weiter floh es von Der, welche es mit krampfhafter Hast zu erreichen strebte.

Frau von R . . . . . g kam erst zur Besinnung, als sie den Fürsten um neue Summen anging und er, um sie aus dem Taumel blinder Leidenschaft zu reißen, scherzend fragte: „Wollen Sie Ihren Verlust bis zu der damaligen Größe treiben, Gnädigste?"

„Nein, o nein!" rief sie entsetzt aufspringend, und hastig fügte sie hinzu: „Wie hoch beläuft sich meine Schuld?"

„Zwanzigtausend Thaler, verehrteste Frau Baronin!"

„Das ist ja furchtbar, schrecklich, gräßlich!" sprach sie zitternd.

Fürst Blücher mußte unwillkürlich daran denken, mit welcher Seelenruhe sie als junge Frau das Doppelte verloren! —

„Zwanzigtausend Thaler!" wiederholte sie langsam und bedeckte das bleiche Gesicht mit beiden Händen. Er entfernte die schöne, mit Ringen geschmückte Hand von ihren Augen und entdeckte mit Bestürzung, daß sie weinte.

„Gnädigste Frau!" sprach er erschrocken und hastig.

Ein Hoffnungsstrahl durchzuckte die Seele der

im Laufe der Jahre geizig und geldgierig gewordenen Dame. Sie blickte auf und sah den greisen Helden zärtlich an, dessen edelmüthige Sinnesart sie aus Erfahrung kannte.

Der alte Feldmarschall hielt diesen Liebesblick mehrere Minuten tapfer aus und gerieth nicht in die Versuchung, in welche der junge Rittmeister damals nach flüchtigster Anschauung ihrer glänzenden Augen gebracht worden.

Als die Freifrau sah, daß ihre Blicke nicht mehr die alte Macht besaßen, griff sie zu einem andern Mittel, um den Edelmuth des Fürsten zu erregen. Seufzend sagte sie: „Mein Gott, wie werde ich es nur anfangen, meinen Mann von diesem ungeheuern Verluste in Kenntniß zu setzen?“

„Ungeheuern Verlust, Frau Baronin? — Sie sagten einst, das Doppelte würde sie nicht zu ärgern vermögen und eine solche Summe könne Sie nicht ruiniren, da Sie sehr reich wären.“

„Ja damals, Durchlaucht! — Doch jetzt sind dreißig Jahre vergangen, und die Zeiten sind anders und schlimmer geworden.“

„Wie seltsam klingen diese Worte in Ihrem schönen Munde!“ rief der Fürst lachend.

„Schöner Mund!“ — Das Wort elektrisirte Frau von R . . . . . g von Neuem. Mit einem unendlich freundlichen — fast zu süßen Lächeln trat sie dem Fürsten einen Schritt näher und hauchte leise: „Entsinnen Sie sich, lieber Fürst, also noch jenes Abends, wo wir zusammen als junge Leute spielten? — O die köstliche Jugendzeit! —“

„Er wird mir unvergeßlich bleiben, Frau Baronin!“

Das Lächeln Frau von R . . . . . g's sollte immer bezaubernder werden, es gestaltete sich aber etwas fratzenhaft um die eingesunkenen Züge des Mundes.

„Auch mir ist er unvergeßlich, Fürst!“ flüsterte sie zärtlich.

Die schmale, weiße Hand der Freifrau legte sich auf den Arm des Feldmarschalls. Ein feines Lächeln umspielte seine Lippen, und seine Augen, die noch die Kraft besaßen, feurig zu strahlen, blickten nieder auf die zarten, schlanken Finger, die leicht seinen Arm drückten.

„Damals kränkten Sie mich tief, Frau von R . . . . . g.“

„O, ich weiß und — tausendfach habe ich es bereut!“

„Wirklich?“

„Ganz gewiß, und glücklich würden Sie mich machen, wenn Sie heute den einst verschmähten Kuß als Tilgung meiner Schuld annähmen!“

„Wie? — Sie wollten —“

„Gewähren, was Sie damals vergeblich wünschten!“

Frau von R . . . . . g näherte ihr Antlitz dem des Fürsten. Mit leichter Verbeugung wich er zurück und ernst sagte er: „Die Zeit der Jugend ist sammt ihren Thorheiten vorüber. Bedenken Sie, daß dreißig Jahre seitdem vergangen!“

„Wie? — Sie wollten —“

„Verzicht leisten auf ein Glück, das mir einst nicht hold war, Frau Baronin!“

„Und meine Schuld? —“

„Bitte ich unterthänigst auf die Weise abzutragen, die Sie damals für allein passend erachteten.“

Eine fahle Blässe bedeckte das Gesicht Frau von R . . . . . g's; dann enteilte sie rasch dem Zimmer, und nichts in ihrem Wesen mahnte in dem Augenblick an die stolze Würde einer beleidigten

Königin, mit der sie an jenem Abend den Spieltisch verlassen.

Ein lauter Applaus wurde dem alten Sieger zu Theil, nachdem sich die Thüre hinter der beleidigten Frau geschlossen.

Lächelnd verbeugte sich Blücher gegen die Anwesenden und rief heiter: „Das ist einer der glücklichsten Augenblicke meines Lebens und keiner meiner kleinsten Triumphe!“

Ein Fünfzigthalerschein.

Erstes Kapitel.

Der alte Bote des Dorfes D. ging mit so schnellen Schritten auf dem schmalen Feldpfade einher, daß die Schnitter und Schnitterinnen, die zu beiden Seiten des Weges auf den Feldern beschäftigt waren, ihm voller Erstaunen nachblickten und viele von ihnen, denen er auf ihre Frage: „Was giebt's Neues in der Stadt?“ ein einfaches „Nichts!“ geantwortet, verdrießlich ausriefen: „Schubert ist bald zu alt für sein Amt und wenn er Nichts zu erzählen weiß, braucht er gar nicht zur Stadt zu gehn!“

Man wird den Zorn dieser Getäuschten begreifen, wenn man bedenkt, daß der alte Schubert, der wöchentlich zweimal nach der Stadt ging, um die verschiedenen Bedürfnisse der Landbewohner zu befriedigen, die Zeitung des Dorfes war und stets einen Schatz von Neuigkeiten von seinen Wanderungen heimzubringen pflegte.

An diesem schönen Juliabend hörte aber Niemand Etwas von ihm und an allen ihn Begegnenden ging er mit einfachem Gruße oder einzelnen wenigen Worten vorüber, die den ihn Anredenden deütlich bewiesen, daß er zu eilig war, um ihnen weitere Auskunft auf ihre Fragen zu geben. Sein an dem Abende ungewöhnlich schneller Schritt beschleunigte sich immer mehr, je näher er dem Ziele seiner Wanderung kam. Ein freundliches, zufriedenes Lächeln erhellte sein altes, faltenreiches Gesicht, das sonst meistentheils einen ernsten kummervollen Ausdruck zeigte, als er ein kleines schattiges Eichenwäldchen durchschritten, welches ungefähr eine halbe Stunde vom Dorfe entfernt lag und er nun am Ausgang desselben in einiger Entfernung vor sich auf einer Anhöhe, eine Gestalt entdeckte. Schnell zog er bei diesem Anblick sein Taschentuch hervor, band es an seinen Knotenstock und schwenkte diesen lustig in der Luft. Die kleine, einfache Flagge von blau und weiß gewürfeltem Kattun entriß der Gestalt auf der Höhe einen lauten, jubelnden Freudenschrei. Der Abendwind trug den Schall an das

Ohr des alten Boten und rief auf seinem Antlitz ein noch zufriedeneres Lächeln, als das erste gewesen, hervor.

„Ja, ja! Was lange währt, wird endlich gut!“ murmelte er vor sich hin, nahm den Platz auf einem am Saume des Gehölzes stehenden Baumstumpf und öffnete die große Ledertasche, die er umgeschnallt trug, in der er Briefe und kleinere Paquete nach dem Dorfe zu transportiren pflegte.

Die Person, um deretwillen der alte Schubert an dem Abend so manchen Gönner und Freund gekränkt, gar manche nach Neuigkeit schmachtende Seele bitter getäuscht hatte, war ein Mädchen von achtzehn Jahren.

Sie hieß Helene Wredo und war die einzige Tochter des vor fünf Jahren verstorbenen Predigers von O. Vor kaum acht Wochen hatte sie ihre Mutter verloren und neben dem Schmerze über den Verlust hatten noch Sorgen und Bekümmernisse anderer Art den Geist des jungen Mädchens belastet und ihr Gemüth niedergedrückt. Eine kleine Schuldenlast war nämlich der Wittwe bereits durch ihren Mann zurückgelassen worden und diese hatte sich während der letzten fünf Jahre, wo die Frau meistentheils krank und leidend gewesen, so bedeutend vergrößert, daß Helenen nichts Anderes übrig geblieben war, um den nach ihrer Mutter Tode an sie gestellten dringenden Anforderungen einigermaßen zu genügen, als alle nur eben verkäuflichen Gegenstände verauctioniren zu lassen und mit dem Erlös die Schulden ihrer Eltern zu decken zu suchen. Die Gläubiger hatten sich mit der Abzahlung begnügt, Helene besaß vier Wochen nach dem Tode ihrer Mutter nur einen nothwendigen Bedarf an Wäsche und Kleidung und mit diesem Wenigen, das ihr Eigenthum, war sie in's Pfarrhaus übergesiedelt, wo der Geistliche und dessen Frau ihr ein bescheidenes Dachstübchen als vorläufigen Zufluchtsort angewiesen. Die Dorfleute, die das traurige Schicksal des jungen Mädchens bitter beklagt, es aber nicht abzuwenden vermocht, hatten Helenen den Vorschlag gemacht, eine Strick- und Nähschule zu gründen, um dadurch ihren Lebensunterhalt zu gewinnen. Auch ihr Vormund und der Prediger hatten sie zu dieser Versorgung überredet; doch Helene fühlte sich unfähig, auf diese Vorschläge einzugehen. Neben vielen guten Eigenschaften besaß sie den Fehler des Hochmuths; dieser in ihr wohnende Dünkel litt es nicht, sich mit einer solchen Existenz zu begnügen! — Sie besaß einige Kenntnisse, manche Geschicklichkeiten, ein nicht unbedeutendes Talent zur Musik, das ihre Mutter bemüht gewesen war, von frühster Kindheit an in ihr auszubilden; außerdem sprach sie ziemlich geläufig französisch. Im Dorfe galt sie deshalb auch als ein Wunder von Gelehrsamkeit. Sie selbst war von ihrem Wissen und Können sehr durchdrungen und trachtete daher nach einem größern und angenehmern Wirkungskreise, als dem einer Stricklehrerin im Dorfe. Der Prediger schüttelte zwar zur ihren großartigen Erwartungen, die sie hegte, den Kopf. Er wiederholte ihr oftmals, daß das Glück nicht immer in großen Städten sei, sondern auch im Dorfe angetroffen werden könnte und man im Leben sich häufig mit einem kleinen und bescheidenen Wirkungskreise begnügen müsse, als man sich in der Jugend erringen zu können glaube. Helene schüttelte wiederum zu diesen Aeußerungen den Kopf und meinte, es käme auf einen Versuch an, sich eine bessere Lebensstellung zu gründen. Sie schrieb an zwei Verwandte, mit welchen ihre Mutter in oberflächlicher Verbindung gestanden und denen sie auch bereits ihren erlittenen Verlust angezeigt hatte.

Der Eine dieser Verwandten Helenens war der Bruder ihres Vaters und er besaß ein nicht unbedeutendes Geschäft in einer kleinen Provinzialstadt. Alle Vierteljahre hatte er seiner Schwägerin seit dem Tode ihres Mannes verschiedene Vorräthe in die Wirthschaft zufließen lassen, seiner Nichte manche kleine Näscherei mitgesandt, die ihm von dem Kinde den Namen „der Rosinenonkel" eingetragen, weil Rosinen stets den Vorrang unter den Näschereien gebildet.

Der Andere ihrer Verwandten war der einzige Bruder ihrer Mutter, ein Hofrath von Palmen, der in der Residenz des Landes lebte. Dieser Hofrath von Palmen war Jahre lang mit seiner Schwester entzweit gewesen und zwar aus dem Grunde, weil sie sich gegen seinen Willen mit dem Candidaten Wredo verlobt und ihn später, als er eine Anstellung in O. erhalten, geheirathet hatte. Eine Versöhnung der Geschwister war selbst nach dem Tode Wredo's nicht eingetreten; doch die Frau des Hofraths hatte, um die traurige Lage ihrer Schwägerin etwas zu erleichtern, ihr hin und wieder Geschenke an Garderobe gemacht und vorzüglich Helenen zu jedem Weihnachtsfeste ein hübsches Kleid gesandt. Es hatte nie verfehlt, tiefen Eindruck auf sie zu machen, die Eleganz liebte und sich gern etwas putzte, weshalb sich denn auch von Jugend auf eine Vorliebe für die „Kleidertante“ in ihrem Herzen bildete, später zunahm und je schöner die Kleider wurden, desto mehr den „Rosinenonkel“ daraus verdrängte.

An beide Verwandte hatte Helene ihre Absicht, Gesellschafterin oder Erzieherin zu werden, geschrieben, sie gebeten, ihr beim Auffinden einer solchen Stellung behülflich zu sein; doch obgleich vier Wochen seit Absendung dieser Briefe vergangen, waren Antworten darauf nicht erfolgt. Der alte Schubert — dessen großer Liebling Helene — war beinah eben so trostlos wie das harrende Mädchen, daß er achtmal zur Post gegangen, ohne ihr einen Brief mitzubringen, auf den sie, wie er wußte, so sehnsüchtig wartete und um dessentwillen sie ihm jedesmal eine halbe Stunde weit entgegenging.

Trotzdem Helene fast die Hoffnung aufgegeben, Antwort auf ihre an ihre Verwandten gerichtete Bitte zu erhalten, konnte sie es dennoch nicht unterlassen, auf dem Hügel der Rückkehr des Boten zu harren und überglücklich machte es sie daher, als sie die kleine Freudenflagge erblickte, welche ihr die Ankunft eines Briefes verhieß. Mit dem leichten flüchtigen Schritt der Jugend eilte sie den Abhang hinunter, durchflog schnell den noch übrigen sie vom Boten trennenden Raum und stand nach wenigen Minuten vor ihm, der ihr nun so stolz zwei Briefe überreichte und auf eine neben ihm stehende Schachtel deutete, als legte er durch diese Gaben ein Königreich zu den Füßen des jungen Mädchens nieder.

„Wie, Schubert, zwei Briefe und diese große Schachtel!“ rief Helene mit freudiger Ueberraschung.

„Ja, mein Goldkind! Und leicht ist die Schachtel nicht, also giebt's viel, weshalb ich von Herzen gratulire und meine, daß man sich ein Bischen Warten schon gefallen lassen kann, wenn die Sache so gutes Ende nimmt, wie es hier den Anschein hat.“

Helene gab dem Boten zum Dank für das unerwartete Geschenk, das er ihr gebracht, den doppelten Betrag des Lohns, den er für seine Mühe zu beanspruchen hatte. Er dankte ihr gerührt, empfahl sie dem Schutze Gottes, rief tausendfachen Segen auf ihr Haupt herab, versicherte ihr, daß sie die Schachtel bei ihrer Rückkehr im Pfarrhause antreffen sollte und setzte dann seinen Weg fort.

Helene ließ sich auf dem Rasen unter dem breiten Laubdach einer alten Eiche nieder und erbrach den einen ihrer Briefe.

Er lautete:

„Mein liebes Kind!

„Geschäfte verhinderten mich, früher an Dich zu schreiben und Dir zu sagen, daß Dir mein Haus offen steht und Du darin Deinen Einzug halten kannst, wenn Du willst. Wie Du weißt, habe ich elf Kinder. Ich bringe sie durch Fleiß und Arbeit alle redlich durch die Welt und werde nicht banquerott an dem zwölften werden! — Komm also zu mir und gieb Deine Idee: zu Fremden zu gehen, auf. Das ist ein dorniger Pfad, mein Kind, und so lange ich lebe, sollst Du ihn nicht zu betreten brauchen. Auf Rosen wirst Du zwar bei mir auch nicht wandeln, denn ich habe leider eine Frau, die nicht immer bei Laune ist. Sie ist taub, kränklich, verstimmt und nimmt alle Tage eine gründliche Zänkerei mit dem ganzen Hauspersonal vor und Niemand — selbst ich, der Herr des Hauses — kommt ungeschoren davon. Sie meint es aber nicht so bös, wie es klingt und Du darfst Dir darum solch kleine Pelzwäsche, wie ich ihr Abkanzeln nenne, nicht zu Herzen nehmen, sondern mußt ihren Wortschwall zu dem einen Ohre hinein, zu dem andern hinaus schlüpfen lassen. In vierzehn Tagen spätestens hoffe ich Dich in meinem Hause zu haben und wenn es Dir an Reisegeld mangeln sollte, so schreibe es mir. Lebe wohl.

Dein treuer Onkel
Anton Wredo."

Helene war bei Lesung dieses Briefes erbleicht. Lange Zeit starrte sie mit einem peinvollen Gesichtsausdruck vor sich hin und die Lebensfarbe kehrte erst auf ihre Wangen zurück, als sie das Schreiben ihrer Tante durchlesen.

Der Brief der Tante lautete:

„Meine theure, innig geliebte Nichte!

„Die Nachricht vom Tode seiner einzigen Schwester hatte das Gemüth meines armen Mannes so niedergebeugt, daß der Arzt ihm eine Zerstreuung verordnete. Er mußte in's Bad reisen. — Da meine Adelgunde ebenfalls sehr afficirt durch alle ihrer Verlobung vorangegangenen Gemüthsbewegungen war, Clotilde und Aurelie, meine beiden jüngsten Töchter, noch immer nicht recht die Strapazen der Wintervergnügungen überwunden hatten und meine Nerven sich in einem desolateren Zustande als je befanden, begleiteten wir ihn Alle. Vor einigen Tagen sind wir erst zurückgekehrt, da fand ich Deinen Brief vor, den man versäumt, mir nachzuschicken! — Ich ersehe aus demselben, daß Du, böses Kind, zu Fremden gehen willst und möchte Dich schelten wegen dieses Gedankens. Vorläufig wird daraus nichts, sondern Du kommst zu mir, wirst meine liebe gute Tochter, vervollkommnest Dich hier in der Residenz in Deinen hübschen Talenten, von denen Du mir schreibst und das Weitere wird sich finden. Mein Mann freut sich, noch ein Töchterchen zu bekommen und meine Kinder, die Dich tausendmal herzlich grüßen, senden der lieben Schwester Helene beifolgenden Anzug für die Reise. Adelgunde schickt Dir das seidne Kleid, Clotilde den Hut und Aurelie den Mantel, welchen sie selbst erst gestern zu ihrem Geburtstage erhalten. Entnimm daraus, daß Dir Alle eine Freude machen wollten. Ich schicke Dir ein hübsches Kaffeegeschirre mit, daß Du Deiner Beschützerin, der Frau Pastorin, mit meinem herzlichen Gruße überreichen magst und welches sie an ihre Güte gegen Dich erinnern soll. Ende dieser Woche kommt mein Mann selbst nach D., um Dich, mein Herzenskind, abzuholen. Sei dann zur Reise gerüstet, um zu eilen in die offnen Arme Deiner Dich zärtlich liebenden Tante und zweiten Mutter

Antoinette v. Palmen,
geb. Freiin von Haldern."

Thränen der Freude und des Dankes entströmten den Augen Helenens, als sie der Zufluchtsstätte gedachte, welche ihre Tante ihr öffnete. Sie war zurückgeschaudert vor dem Gedanken, in einem Hause leben zu sollen, wo sich ein Materialwaarengeschäft befand; wo sie vielleicht, wenn es viel zu thun gab, hätte müssen Oel und Seife abwiegen, — Heringe der Tonne entnehmen, — kurz Handleistungen thun wie ihre Cousinen sie thaten, die zu leisten ihr zuwider waren und wofür sie am Ende noch gar, wenn sie nicht nach Wunsch der tauben mürrischen Tante ausgefallen, ausgescholten worden wäre. — Welch anderes Loos eröffnete sich ihr dagegen in der Residenz bei ihren vornehmen und vermögenden Verwandten! — Helene zitterte vor Freude, als sie sich ausmalte, in einem schönen Hause der Hauptstadt zu wohnen und in einem glänzend und elegant möblirten Salon am Flügel zu sitzen und ihr musikalisches Talent auszubilden. Dann tauchte in ihrem Herzen die Erinnerung an die glänzende Vergangenheit ihrer Mutter auf, die in der Residenz ihre Jugendzeit verlebt. Oft hatte die verstorbene Pastorin in einsam langen Winterabenden diese Reminiscenzen heraufbeschwören müssen, um Helenen, die es liebte, von der großen Welt zu hören, ein Bild von dem Leben zu geben. Gar manche Stunde war dem aufmerksam horchenden Mädchen dadurch erheitert worden; aber in ihrer Seele war auch der lebhafte Wunsch wach gerufen, Alles einmal aus eigner Anschauung kennen lernen zu mögen. Helene glaubte an jenem schönen Juliabend im Walde, wo sie sich der Vergangenheit ihrer Mutter entsann, daß in der Art ihre Zukunft sein würde. Von dem rosigen Lichte, in das die untergehende Sonne den Horizont tauchte, schien ihr der Himmel ihres fernern Lebens umleuchtet — und von goldnem Glanz umflossen, wie die in der Luft dahinziehenden Abendwolken, waren die Bilder, welche sie sich von ihrer Zukunft ausmalte. Zu den glücklichen Illusionen, denen Helene sich hingab, rauschte der Abendwind in den Kronen der Bäume und sangen die gen Himmel aufsteigenden Lerchen ihre jubelnden Lieder.

Durch die weichen Harmonien ihrer glücklichen Herzensstimmung zog noch an demselben Abend ein ihr tief in die Seele schneidender Mißklang. Es waren die Worte des Pfarrers, der Helenen, nachdem er die Briefe gelesen, abrieth, in die Residenz zu gehen und zuredete: das Anerbieten ihres Onkels anzunehmen. Er kannte beide ihr verwandte Familien und sagte einfach: „Ihr Onkel verspricht wenig, würde aber viel für Sie thun, sowie auch Ihre Tante, die, ihre Launen abgerechnet, eine vortreffliche brave Frau ist und dort würden Sie wirklich ein Kind des Hauses sein. Ihre Tante Palmen aber, ist eine aalglatte, kluge Weltfrau, die statt eines Wortes hundert gebraucht und von hundert schönen Verheißungen nicht eine erfüllt!"

Helene gab indessen, wie in ihrer Kindheit, auch jetzt der Kleidertante den Vorzug vor dem Rosinenonkel und beachtete die Worte des Predigers kaum. Sie wollte in die Welt und das Leben, wollte den engen Schranken bürgerlicher Verhältnisse entfliehen und das glänzende Parquet eleganter Salons betreten, wo sich ihr, wie sie hoffte und glaubte, Lust, Freude, Glück und endloses Vergnügen bieten würden. Ihre Tante hatte schon früher zu wiederholten Malen an ihre Mutter geschrieben: „wie bedaure ich, Deine Helene nicht einmal hier zu haben, um sie in die große Welt einführen zu können.“ An diese Worte dachte Helene unablässig und auf der leichten Basis dieser Redensart erhob sich der kühne stolze Bau ihrer Luftschlösser. Der Prediger, der Helenens warmer, treuer Freund war und das junge Mädchen aufrichtig liebte, gab nach mehrmaligen Versuchen die Idee auf, ihren Entschluß wankend zu machen. In der Abschiedsstunde reichte er ihr ein zusammengefaltenes Blatt Papier und als Helene es öffnete, sah sie, daß es einen Fünfzigthalerschein enthielt. Auf ihren fragenden Blick sagte der Geistliche:

„Viel ist es nicht, meine liebe Helene, was ich in Ihre Hand lege und doch kann diese Kleinigkeit Ihnen einmal ein Helfer in der Noth sein. Seit dem Tode Ihres Vaters habe ich nämlich jährlich zehn Thaler für Sie zurückgelegt und dachte mir, Sie könnten das Geld vielleicht gebrauchen, wenn Sie einmal aus dem kleinen stillen Dorfe Ihrer

Heimath schieden. Dazu haben Sie es aber nun nicht nöthig, da Ihr Onkel für Sie sorgt; doch, Helene, es könnte der Fall eintreten, daß Sie später, wenn die Welt Ihnen nicht bietet, was Sie von ihr hoffen, in dies Dorf zurückkehren möchten und Ihnen dann das Mittel fehlte, Ihren Wunsch zu erreichen. Heben Sie sich für diesen Fall das Geld auf, greifen Sie es nicht an, um es in Kleinigkeiten zu zersplittern, sondern lassen Sie es zu diesem Zwecke liegen und denken Sie nicht früher an den Besitz dieser kleinen Summe, bis Sie ihretwegen in Noth sind."

Ein seltsames Gefühl durchflog Helenens Inneres, als sie ihren kleinen Schatz in Sicherheit brachte. Empfindungen der Angst und Sorge, der Freude und des Glücks durchleuchteten ihre Seele; doch mächtiger als Alles war das feste Bewußtsein in ihrem Herzen, daß an diesen Fünfzigthalerschein sich die Hauptschicksale ihres Lebens knüpfen würden.

Zweites Kapitel.

Ueber zwei Jahre war Helene Wredo schon in der Residenz und noch hatte sich in diesem Zeitraume kein einziger der goldenen Träume verwirklicht, die ihre hoffende Seele umgaukelt, ehe sie in den Kreis ihrer vornehmen Verwandten getreten. Herzlich und liebevoll hatte man sie empfangen, gütig und freundlich war man gegen sie geblieben.

Unter dem Vorwande, daß die Trauerzeit erst abgelaufen sein müsse, bevor man sie in die Gesellschaft einführen könne, war sie von der Hofräthin für das erste Jahr zum Zuhausebleiben veranlaßt worden; und damit ihr, wenn sie allein, die Zeit nicht lang werden möchte, hatte die vorsorgliche Tante ihrem „lieben Töchterchen", wie sie Helene nannte, Stöße von Wäsche und Stickereien zur

Vollendung übergeben, die zu Adelgundens Aussteuer bestimmt waren.

Helene, die, wenn ihre Tante zu Hause, nicht musiciren durfte, da die angegriffenen Nerven der Hofräthin kein Klavierspiel vertrugen, hatte wohl manchmal Abends und Nachts gespielt; doch ihre Tante gab ihr zu verstehen, daß die Welt eine böse sei und sie es anstößig finden würde, wenn ein Kind, welches kürzlich die Mutter verloren, sich Stunden lang mit Musik vergnüge und hatte sie zuletzt gebeten: im Trauerjahre nicht zu musiciren. Der ihrer Tante gegenüber sehr ängstlichen Helene hatten die Worte zur Entgegnung gefehlt, daß sie darin kein Unrecht fände. Da die Hofräthin später, wahrscheinlich um ihre Nichte nicht in Versuchung zu bringen, stets bei ihrem Fortgehen das Instrument abschloß, so blieb Helene nichts Anderes übrig, als zu sticken und zu nähen, während sie auf die Rückkehr ihrer Verwandten wartete. Dies Warten war ihr von ihrer Tante dringend an's Herz gelegt worden. Frau von Palmen hatte anfangs einige Male behauptet, daß es ihr zu schmerzlich sei, ihr liebes Töchterchen nicht mehr wach zu finden und — statt deren theure Gestalt bei ihrer Heimkehr zu sehen, den schlaftrunkenen Blicken ihrer Magd zu begegnen. Helenen hatte damals dieser Liebesbeweis geschmeichelt und später hatte sie sich der einmal übernommenen Pflicht nicht zu entziehen vermocht, indem es ihr an Gewandtheit fehlte, eine Ausrede zu finden.

In der ersten Zeit überströmten tausend Dankesworte das eifrige junge Mädchen, wenn Frau von Palmen und ihre Töchter von Bällen und Soiréen zurückkehrend, Helenen noch bei der Arbeit antrafen. Die Tante brachte dann stets der „theuren Tochter“ etliche Confituren mit, die sie beim Dessert für Helene entwendet und die drei Cousinen überreichten ihr mit lieblichem, freundlichem Lächeln die Bouquets, welche sie im Cotillon von ihren Verehrern erhalten. Mit leuchtenden Augen hörte Helene, während sie den vom Tanz ermüdeten Mädchen die leichten Hüllen abstreifte, die Beschreibungen der Festlichkeiten an und schlief später unter dem sie beseligenden Gedanken ein, im nächsten Winter Alles aus eigner Anschauung kennen zu lernen. Sie zählte die Tage bis zu Adelgundens Hochzeit, da dann der festgesetzte Termin war, wo sie in die Welt eingeführt werden sollte. Der ersehnte Zeitpunkt nahte endlich. — Helene fing bereits an, mit einigem Widerwillen auf ihre dunkle Kleidung zu blicken, die sie nun seit fast anderthalb Jahren trug, als es plötzlich ganz dunkel vor ihren Augen wurde und ihr von Thränen umschleierter Blick nirgends eine lichte Stelle am Horizont ihres Lebens entdeckte. Die erprobte Haushälterin der Frau von Palmen erkrankte, starb und die Hofräthin und deren Töchter, welche nichts von der Leitung einer Wirthschaft verstanden, rangen in Verzweiflung die Hände, weil sich nicht sofort eine passende Aushülfe bot. Helene, die sehr gewandt in jeder häuslichen Arbeit war und während ihres Aufenthaltes bei ihren Verwandten gar oft die Haushälterin unterstützt, lächelte fast über den Kummer, Jammer und die Verzweiflung der Tante und Cousinen. Sie erbot sich zur Aushülfe und es wurde angenommen. Die Hofräthin nannte Helene „einen rettenden Engel“ und die Cousinen staunten sie an, daß sie so viel Gaben in sich vereinige.

An Adelgundens Hochzeitstage, wo Helenen der Eintritt in die Welt verheißen, man ihr ein seidnes Kleid versprochen hatte, stand sie nun im einfachen Kattunkleide mit großer Küchenschürze am Herde und bereitete das Diner für die geladenen Gäste. — Erst nach mehreren Monaten wurde sie von diesem freiwillig übernommenen Amte erlöst und da war der Winter mit Bällen und Gesellschaften vorüber.

Helene, die jetzt schon nicht mehr träumte und sehr resignirt war, verließ geduldig die Küche und übersiedelte abermals an den Nähtisch; ihre Cousine Clotilde hatte sich im Laufe des Winters verlobt und Frau von Palmen meinte: sie könnte die Vollendung der Aussteuer niemand Würdigerem übertragen, als ihrer Nichte, die Alles so hübsch und sauber für Adelgunde gearbeitet.

Helene nähte nun wiederum vom frühen Morgen bis späten Abend in ihrem kleinen Stübchen; es hatte die Aussicht in eine enge Straße und wohl manchmal dachte sie mit Thränen an ihr heimathliches Dorf und dessen schöne Bäume, die um diese Zeit in reicher Blüthenpracht standen. Sie sah in der Residenz Nichts vom Frühling, der die Welt von Neuem schön schmückte und vom Frühling ihres Lebens hatte sie Nichts, — — eine kalte Hand hielt jeglichen Sonnenstrahl von ihr ab und ein eiserner Blick ruhte auf den zarten Knospen ihres Herzens, damit sie sich nicht entfalten, — nicht wachsen und gedeihen sollten! — Im Herbst fand Clotildens Hochzeit Statt. Es war gar nicht davon die Rede gewesen, daß Helene daran Theil nehmen sollte. Die Tante fand es zu der Zeit schon ganz selbstverständlich, daß die Nichte bei Festen im Hause Alles ordnete, leitete und aufpaßte, daß Jedes zum besten Comfort der Gäste von ihr gethan wurde. Helene stellte an dem Tage auch gar nicht mehr traurige Vergleiche an, wie anders ihr Loos sich gestaltet, als sie es erwartet hatte, — sie suchte bereits das wenige Gute hervor, das sich ihr in ihrer untergeordneten Stellung im Hause ihrer Verwandten bot. Traurig und betrübt war sie aber gerade an dem Hochzeitstage ihrer Cousine über ihr verfehltes Leben und in dieser Stimmung schaute sie auch gegen Abend zum dunkel umwölkten Octoberhimmel empor, von dem der Regen stromweis zur Erde niederfluthete. Ihre Cousine Clotilde kam, um Abschied von ihr zu nehmen, als sie im Begriff stand, das elterliche Haus zu verlassen. Sie warf, indem sie schied, einen Hoffnungs- und Sonnenstrahl in Helenens Seele, als sie sagte: „Wenn ich von meiner Reise nach Paris zurückkehre, so gebe ich Bälle und Gesellschaften. Da sollst Du, liebes Helenchen, auch Vergnügen davon haben und zum ersten Feste, das ich hier in der Residenz gebe, bringe ich Dir und Schwester Aurelie die herrlichsten Ballanzüge mit!"

Clotilde hielt Wort! Sie entzückte Helenens an Putz hängendes Herz nicht allein einige Monate später durch den geschmackvollsten Anzug, sondern lud sie auch zum ersten Balle ein, den sie gab und wußte es bei ihrer Mutter durchzusetzen, daß Helene dort erschien.

Wochen lang hatten sich Helenens Gedanken um dieses wichtige Ereigniß ihres Lebens gedreht; mit gewaltigem Herzklopfen sah sie den Morgen des entscheidenden Tages anbrechen. Schon frühzeitig stand sie auf, sie vermochte vor Freude nicht zu schlafen, besorgte schnell die ihr obliegenden Geschäfte und kehrte dann in ihr Stübchen zurück, in welchem sie nun bereits anfing, den Ballstaat, der sie Abends schmücken sollte, auszubreiten und zurecht zu legen. In gedankenlose Träume versunken, stellte sie sich dann an das Fenster und schaute in die wirbelnden Schneeflocken, welche die sonst so schmutzige, enge Straße mit blendend weißer Lage bedeckten. Als sie emporblickte, gewahrte sie an dem Fenster gegenüber, wo sie sonst nur höchst selten eine alte Frau wahrgenommen hatte, einen jungen Mann, den sie früher zu wiederholten Malen an den Fenstern des großen stattlichen Hauses gesehen, das der Hauptfronte ihres Hauses vis-à-vis lag, die auf eine der ersten Straßen der Residenz mündete.

Dieser Herr, der, wie Helene stets gefunden, ein ausgezeichnet hübsches Gesicht hatte, war ihr von ihren Cousinen, die er immer respectvoll zu grüßen pflegte, wenn er sie am Fenster bemerkte, als einer ihrer Tänzer, einer der Löwen des Tages bezeichnet worden. Auch hatte sie ihn mitunter im Salon ihrer Tante gesehen, in den sie ab und zu vom Nebenzimmer aus, wo sie den Thee bereitete, einen neugierigen Blick geworfen. Von allen Gestalten, die sie dort sich bewegen gesehen, hatte sie Derjenige, dem sie in dem Augenblicke so nahe wie noch nie in der engen Straße gegenüber stand, am meisten interessirt und gefesselt und oft war sie schmerzlich davon berührt worden, daß er sie nie gegrüßt und sein Auge sie immer nur so oberflächlich gestreift. Eilig zog sie sich daher vom Fenster zurück, noch besonders, da sie bemerkte, daß sein Blick so ernst und prüfend auf ihr ruhte. Obgleich Helene beim Frühstück noch daran dachte, daß Graf Wallenrode, der Löwe der Residenz, jetzt in einer engen Seitenstraße wohnte und sie sich etwas den Kopf darüber zerbrach, warum er wohl sein Quartier in der Hauptstraße verlassen, erzählte sie dennoch ihrer Cousine, die, wie sie wußte, ein kleines Interesse für den jungen Mann hatte, Nichts davon, da ein unbestimmtes Gefühl sie zurückhielt, darüber zu sprechen.

Der Abend nahte heran, Frau von Palmen ließ sich herab, die letzte ordnende Hand an die Toilette ihrer Nichte zu legen. Mit Erstaunen bemerkte sie und ihre Tochter Aurelie, daß Helene, die im einfachen Hauskleide so hübsch aussah, durch den Putz den ganzen Reiz verlor, der sonst über ihrer Erscheinung ausgebreitet lag. Helene, welche stets das Haar glatt gescheitelt trug, hatte darauf bestanden, Locken wie ihre Cousine haben zu wollen und diese Haartracht entstellte sie durchaus. Dazu kam, daß das Ungewohnte ihrer Frisur, die vielen Blumen, die ihr Haar zierten, sie zu einer steifen ängstlichen Kopfhaltung veranlaßten, welche ihrem Aeußern etwas Gezwungenes und Affectirtes verlieh. Vergeblich versicherte ihr Frau von Palmen, daß sie weder eine ihrer Locken, noch ihren Blumenkranz verlieren würde; doch Helene gab die angenommene Kopfhaltung ebensowenig auf, wie sie auch nicht dazu zu bewegen war, ihre Arme nicht so weit von sich zu strecken, die sie, um ihr zartes Florkleid nicht zu drücken, in möglichster Entfernung von ihrem Körper hielt.

„Sie bildet eine complete Carricatur!“ sagte die Hofräthin in halber Verzweiflung leise zu ihrer Tochter. Aurelie zuckte die Achseln und bat die Mutter, nichts mehr zu sagen, um Helenens Freude nicht zu stören.

Helenens Freude war eine vollkommene, denn sie fand sich in ihrem duftigen Gewande, das in weichen Falten über einem Unterkleide von glänzender Seide bauschte, unendlich schön und sah sich, so lange es möglich war, immer von Neuem in dem Spiegel, um sich zu vergewissern, daß sie selbst es war, die sich ihrem Auge in dem herrlichen Putze so fremdartig zeigte. Mit Angst und Zittern betrat sie aber den Ballsaal und ihre Aufregung war so groß, daß sie im Anfange Nichts deutlich sah und Alles ihr im bunten Farbengemisch vor Augen flimmerte. Nach und nach legte sich diese Aufregung.

Sie wurde nach jenem Tanze, der getanzt und zu dem sie nicht aufgefordert wurde, ruhiger — jedoch auch ernster und trauriger! — Vor Beginn des fünften Tanzes fiel der Hausfrau vor Vergnügen und Lust strahlender Blick auf das von Kummerwolken umschattete Antlitz ihrer Cousine. Clotilde eilte zu ihr und Helene berichtete ihr mit einem so betrübten Tone, daß sie noch nicht einmal getanzt habe, als gestände sie die größte Schande ein. Ihre Cousine verließ sie und kehrte mit dem Herrn zurück, der wenige Secunden zuvor mit ihr angetreten war, über den Tausch zwar nicht sehr entzückt schien, sich aber aus Höflichkeit in das ihm von der liebenswürdigen Wirthin zuertheilte Loos fand.

„Mein Gott, kannst Du denn aber auch tanzen?“ fragte Clotilde leise.

„O ja!“ erwiderte Helene etwas gedehnt und setzte ängstlich hinzu: „Ich komme allerdings manchmal aus dem Takt.“

„Nun, daß das nicht geschieht, dafür wird schon Dein Tänzer sorgen, denn es ist einer unserer besten!“

Helene athmete freier auf und gab sich der Hoffnung hin, daß ihr Herr den ihr mangelnden Takt ersetzen würde; doch leider täuschte sie sich, denn sie tanzte nicht allein mitunter gänzlich taktlos, sondern sie fing von vorn herein ohne allen Takt an und hopfte und sprang ohne allen Takt weiter.

Ihr Tänzer hielt im Walzen inne und fragte verbindlich: „Sollen wir lieber wienern, meine Gnädigste?"

Helene hatte keine Idee davon, was „wienern" war, stellte sich aber vor, daß es leichter als „walzen" sei und flüsterte leise: „Ach ja!"

Er umfaßte sie von Neuem und begann zu wienern. Während er aber leicht und gewandt dahin schassirte, sprang Helene wie ein Grashüpfer umher, stolperte dabei über ihre eigenen Füße, trat ihren Tänzer, den Marianne Grimmert nicht von seinen Qualen befreit, auf die seinigen und hielt sich so krampfhaft an seinen Armen fest, als sei sie dem Ertrinken nahe und er ihr einziger Rettungsanker. Er hielt abermals inne, zog sein Taschentuch hervor, wischte sich verstohlen den Schweiß vom Angesicht und rief mit einem leichten Anfluge von Verstimmung: „Ich muß so unglücklich gewesen sein, Sie mißverstanden zu haben, denn Sie wienerten nicht und ich that's. — Pardon! Wir wollen also walzen."

Der neue Versuch mißlang abermals; doch sie stolperten sich wenigstens Beide ziemlich so weit, daß, als der gewandte Tänzer verzweiflungsvoll inne hielt, sie nur einige Schritte von der Colonne entfernt waren. Sie gingen bis zum Anschluß derselben.

„Ich bin heute Abend entsetzlich ungeschickt!" begann er die Conversation.

Helene blickte schüchtern empor und fragte: „Trage ich wohl nicht die Schuld?"

„Durchaus nicht, Gnädigste! Ich muß ganz aus Routine gekommen sein und bitte tausendmal um Entschuldigung!"

Helene beruhigte sich etwas. Die Colonne der vordern Paare lichtete sich nach und nach und endlich war wieder die Reihe an ihnen. Der Herr räusperte sich und fragte: „Wollen Sie es noch einmal mit mir wagen?"

„O ja! Wir wollen versuchen, ob es dieses Mal nicht besser geht."

Er machte eine Miene, die ein „Schwerlich!" ausdrückte; doch was konnte er thun, da Helene ihm von der Dame des Hauses anempfohlen worden? Zu des Mädchens Glück gehörte ihr Tänzer dem Militairstande an, dessen Hauptattribute Muth und Unerschrockenheit sind. Er bedurfte wirklich Beides, um den Wünschen seiner Dame nachzukommen und machte auch, als er sie umfing, ein Gesicht, als stelle er sich dem Kreuzfeuer des Feindes gegenüber und sei bereit, den Tod zu umarmen. Helene gab sich die unendlichste Mühe; doch vergeblich sprang sie von einem Fuß auf den andern, umsonst zählte sie erst leise, dann laut und lauter: „Eins, zwei, drei! Eins, zwei, drei!“ Sie kam nicht in den Takt und als sie bis zur Hälfte der Tour zum größten Amusement der Zuschanenden im Saale hin und her gezappelt war, ihrem Tänzer die Füße fast abgetreten und Arm und Hand beinah wund gedrückt hatte, hielt er inne und geleitete sie ruhig zur Colonne, da er nicht gesonnen war, sich seine Gliedmaßen in einem Tanze zu ruiniren. Kaum standen sie einige Sekunden, als sich ereignete, was Beide nicht für möglich gehalten. Ein Fähnrich forderte nämlich Helene auf, eine Extratour mit ihm zu tanzen. Der Officier hätte beinah ausgerufen: „Herr, sind Sie toll?“ doch er überwand wortlos die Ueberraschung und trat eilfertig zur Seite, beseelt von dem frommen Wunsche, daß der junge Mann die Extratour bis zur Beendigung des Tanzes ausdehnen möchte. — Helene war nicht minder erstaunt über die ihr wiederfahrene Auszeichnung einer Extratour, bis zu welcher Höhe sich keins ihrer Luftschlösser erstreckte, die sie in Bezug zum Balle gebaut. Sie vergaß gänzlich ihr schlechtes Tanzen und blickte nur sehr beseeligt den jungen Fähnrich an, der schüchtern und blöde vor ihr stand.

Der Tänzer Helenens betrachtete das antretende Paar genau und nach wenigen Sekunden hatte er sich überzeugt, daß der Fähnrich nicht besser als seine Dame tanzte und Beide davon, was Takt anbetraf, durchaus keine Ahnung hatten. Seine Befürchtung, daß dieses einander so würdige, aber nicht an ein spiegelglattes Parquet gewöhnte Paar bei einem seiner Kreuz- und Quersprünge baldigst zu Boden schlagen würde, erfüllte sich schneller als er gedacht. Kaum hatten Beide die Mitte des Saales erreicht, als sie auch schon mitsammen dalagen und höchlichst bestürzt ob dieses nicht geahnten Endes ihrer Extratour um sich schauten. Der Officier eilte zu seiner Tänzerin, welche der Fähnrich schleunig verließ und führte Helene auf ihren Wunsch in das Nebenzimmer. Obgleich die Strecke nicht lang war, die sie zu durchwandern hatten, erschien sie ihr eine Ewigkeit. Zu ihrem Entsetzen bemerkte sie auf allen Gesichtern Derjenigen, an welchen sie im Fluge vorübereilte, ein offenkundiges oder verstohlenes Lächeln.

Im Nebenzimmer verabschiedete sich der Lieutenant und Frau von Palmen kam zu Helene, die beim Anblick der Tante in Thränen ausbrach. Mit schneidend kaltem Ton bat die Hofräthin sie: „keine Scene zu machen, da es am bereits vorgefallenen Skandal genug sei!" Stotternd wagte Helene eine Entschuldigung. Frau von Palmen unterbrach sie schnell und sprach erregt:

„Ich dachte es mir wohl, welch erbärmliche Figur Du im Salon spielen würdest und darum hielt ich Dich fern aus einer Sphäre, für die Du nicht geboren und erzogen bist! Laß Dir die heutige Erfahrung zur Warnung dienen und bleibe künftig zu Hause, wo Du Dich doch mindestens nicht dem Spott und Gelächter der Welt Preis giebst!"

Ein alter Herr, dessen Brust mindestens zehn Orden zierten, näherte sich trippelnd den beiden

Verwandten und unterbrach den Zornesausbruch der „zweiten Mutter" Helenens. Mit dem stereotypen Gesellschaftslächeln und den gewöhnlichen Salonphrasen begrüßte ihn die Hofräthin. Nachdem sie mehrere Minuten zusammen gesprochen, flüsterte sie Helenen in strengem befehlendem Tone zu: „Du tanz'st nicht wieder!" wandte sich dann mit holdseliger Freundlichkeit um, nahm den ihr dargebotenen Arm des besternten Herrn an und rauschte in den Tanzsaal zurück, wo Helene noch eine Zeit lang die wehenden Straußfedern ihres Toque hin- und herschwanken sah.

Drittes Kapitel.

Helene blieb, wenn auch nicht allein, so doch ungestört ihren Betrachtungen über die Freuden eines Balles überlassen. Diese nahmen nach und nach einen so ernsten traurigen Charakter an, daß sie nur mit Anstrengung die hervorbrechenden Thränen zurückdrängte. Die heitere Musik bildete einen seltsamen Contrast zu ihrer trüben Stimmung und um diesen ihr das Herz bewegenden Tönen zu entfliehen, um nicht mehr die im Saal schnell und leicht im Tanz an der Thür vorüberfliegenden Gestalten zu erblicken, beschloß sie, sich in eins der entlegeneren Gemächer zurückzuziehen.

Niemand hielt sie auf ihrem Wege zurück, Keiner begrüßte sie und redete sie an, denn sie war Allen, an denen sie vorüberging, fremd. Sie war momentan glücklich, als sie endlich ein ganz leeres

Zimmer fand. Schnell trat sie an eins der Fenster, nahm Platz auf dem in der tiefen Nische stehenden Stuhl, zog die Gardinen von Neuem dicht zusammen und dankte Gott, dies kleine schützende Asyl gefunden zu haben. Die Sehnsucht nach ihrem stillen heimathlichen Dorfe, welche sie an dem Abend häufiger und stärker denn je übermannt, steigerte sich von Minute zu Minute, die sie in ihrem kleinen Versteck zubrachte. Auf das Lebhafteste wünschte sie, der Residenz und ihren vornehmen Verwandten zu entfliehen. Indem sie darüber nachsann, auf welche Weise sie ihren Plan am besten und leichtesten zur Ausführung bringen könnte und sich zu ihrer Freude daran erinnerte, daß ihr das Geld zur Reise nach D. nicht fehlte, unterbrach Geräusch sich nahender Tritte und fröhliches Gelächter mehrerer Herrenstimmen den Gang ihrer Gedanken. Helene erschrak Anfangs heftig, beruhigte sich aber, als die Eintretenden an dem Fenster, wo sie saß, vorübergingen. Nach wenigen Sekunden faßte sie den Muth, durch eine kleine Oeffnung der Gardine nach Denen hinzublicken, die sich in der Tiefe des Zimmers gruppirten. — Es waren fünf Herren. Zwei von ihnen vermochte Helene ganz deutlich zu erkennen, da sie sich ihr unmittelbar gegenüber befanden, das Gesicht ihr zugewendet hatten und der volle Schein der Kerzen auf ihre Gestalten fiel. Der Eine dieser Beiden war ihr Tänzer, den ihre Cousine ihr zugeführt, der Andere, Graf Wallenrode. Ersterer hatte sich auf eine Chaise longue geworfen, Letzterer lehnte am Kamin, auf dem etliche griechische Gottheiten en miniature standen. Die drei andern Herren saßen und lagen, mehr seitwärts von Helenen, in Fauteuils. Sie vermochte nur zu erkennen, daß es Officiere waren, da ihre glänzenden Uniformen leuchtend aus dem Schatten hervortraten, in den sie sich mehr oder minder zurückgezogen.

Je weniger sie nun aber auch von diesen drei Personen sah, desto mehr hörte sie von ihnen, denn ihr Lachen schien gar kein Ende nehmen zu wollen. Sehr bald merkte Helene, daß sie den Stoff zu ihrer Heiterkeit lieferte. Ihr Tänzer ließ es sich nämlich angelegen sein, Beschreibungen von ihrer Art und Weise des Tanzens zu liefern und seine drei Cameraden belachten jede neue Aeußerung, jeden guten und schlechten Witz, den er über sie machte. Helenens Wangen brannten wie im Fieber, als sie sich auf boshafteste Weise carrikiren hörte und voller Seelenangst schaute sie auf Graf Wallenrode, ob er nicht endlich auch in das Gelächter der Uebrigen einstimmen und sein Ernst, den Helene seit längerer Zeit schon auf seinem Antlitz bemerkt, bei den heitern Scherzen seiner Gefährten weichen würde. Ein Trost in ihrer Verzweiflung war, daß er die Worte nicht zu hören schien und, indem er aufmerksam den kleinen Apoll auf dem Kamin betrachtete, offenbar an andere Dinge denken mußte, als die, welche in seiner Nähe verhandelt wurden. Dieser kleine Trost sollte aber Helenen bald genommen werden. Einer von den drei im Schatten sitzenden Officieren rief nämlich plötzlich:

„Aber, Schwanitz, wie in aller Welt kamen Sie auf den absurden Gedanken, sich dieser plumpen Dorfschönen vorstellen zu lassen, die ihren Kopf so steif hielt, als transportire sie einen Milcheimer?“

„Einer Person,“ setzte ein Anderer hinzu, „die bisher Köchin und Kammerjungfer im Palmen'schen Hause war!“

„Wie? was? Dorfschöne? Köchin, Kammerjungfer? — —“ schrie der Lieutenant entsetzt und erhob sich wie von einer Feder emporgeschnellt von seiner Chaise longue.

„Nun ja! Nichts Anderes, nichts Besseres, bester Schwanitz!"

„Unmöglich! Sie wurde mir Anfangs von Frau von Palmen als ihre Nichte, später von deren Tochter als Cousine bezeichnet. Ich hielt sie für eine Baroneß Haldern."

Ein schallendes Gelächter folgte dieser Erklärung und selbst Graf Wallenrode blickte lächelnd vom Apoll auf seinen verblendeten Freund.

„Zum Teufel, wer ist sie denn?" rief der Ausgelachte ärgerlich.

„Eine Nichte des Hofraths, Tochter eines obscuren Pastors!"

„Eine von den Nichten, lieber Schwanitz, die Weltdamen wie Frau von Palmen im Hause versteckt halten und als Aschenbrödel benutzen."

„Sie war Zofe und Köchin in einer Person! — Wird aber nach ihrem heutigen Debüt zum Ballet gehen."

Sie lachten von Neuem Alle, dann murmelte Lieutenant von Schwanitz:

„Köchin! — Infam, auf Ehre! — Mir diesen Streich zu spielen. Ich ignorire nach der mir heute Abend angethanen Blâme die ganze Familie!"

„Beruhige Dich, lieber Schwanitz!“ sprach Graf Wallenrode, der bisher geschwiegen, „denn so schlimm, wie die Herren die Sache machen, ist sie nicht. Köchin darf man das junge Mädchen wohl nicht nennen.“

„Ich versichere, bester Graf, sie war es und das Diner, welches wir an Fräulein Adelgunde von Palmens Hochzeit bei der hofräthlichen Familie einnahmen, hat unsere begabte Ballettänzerin zubereitet. Ich sah sie selbst an jenem Tage in der Küche mit Kochlöffel und Küchenschürze agiren und sie schien dort besser an ihrem Platze zu sein, als auf dem glatten Parquet eines Salons.“

„Entschieden haben Sie Recht!“ rief Herr von Schwanitz. „Die Person ist die personificirte Küchennymphe. Man braucht sie nur zu sehen, um es zu wissen, wohin sie gehört und ich begreife nicht, wie ich mich habe können dazu bewegen lassen, mit ihr zu tanzen. Sie ist so schrecklich häßlich, steif und ungeschickt.“

„Du thust ihr wirklich Unrecht, Schwanitz! Sieh' sie nur genauer an, denn da stößt Du auf den angenehmsten Gesichtsausdruck, den Du fast finden kannst. Sie sieht sanft, mild und gut aus. Ist sogar sehr hübsch."

„Aber roth wie ein gesottner Krebs, lieber Wallenrode. Die echte Küchencouleur."

„Ich bestreite Letzteres entschieden. Sie hat am Tage die schönste blühende Farbe, sieht nur heute Abend sehr echauffirt aus."

„Himmel, Du scheinst ja ganz exaltirt."

„Nicht im Geringsten, — ich sage blos die einfache Wahrheit."

„Du kennst sie näher, wie ich vermuthe."

„Nein! Ich sah sie nur manchmal, da ich früher Palmens vis-à-vis wohnte."

„So solltest Du doch mit ihr tanzen."

„Pardon! Dafür danke ich."

„Siehst Du wohl."

„Was?"

„Daß sie Dir nicht gut genug zur Tänzerin ist."

„Du irrst! Sie kann nicht tanzen und warum sollte ich sie lächerlich machen?"

„Ausrede! Vorwand! Du brächtest sie vielleicht in Takt."

„Das scheint unmöglich, da es Dir mißlang! Ueberdem tanzte ich den ganzen Abend nicht."

„Warum thaten Sie es, lieber Graf?“ fragten die Andern.

„Ich bin nicht in Stimmung.“

„Ausrede! Vorwand!“ rief Lieutenant von Schwanitz von Neuem. „Du wußtest durch Deine Flamme, Fräulein Aurelie, daß ihre Cousine kommen würde, fürchtetest, daß man Dir das Landkind zu einem Tanze octroyiren könnte und entsagtest daher lieber dem ganzen Balle.“

„Welche Idee!“

„Schwanitz hat Recht!“ bekräftigten die Andern.

„Um Ihnen das Gegentheil zu beweisen, werde ich Fräulein Wredo engagiren.“

„Zum Wienern?“ fragten Alle lachend und Schwanitz setzte hinzu: „Wie ich jetzt, so wirst Du nachher hier als halber Invalide mit wunden Füßen und Armen liegen, wenn Du mit dem Palmen'schen Aschenbrödel getanzt hast.“

Einige andere Herren traten in's Zimmer und mit diesen entfernten sich kurze Zeit darauf die drei Officiere. Lieutenant von Schwanitz und der Referendar, Graf Wallenrode, blieben allein. — Letzterer machte einige Gänge durch's Zimmer und Ersterer verließ nach etlichen Minuten auch seine Chaise longue, trat auf Wallenrode zu und fragte leise: „Bist Du jetzt mit Deinen Angelegenheiten in Ordnung?“

Der Angeredete blieb stehen, antwortete aber nicht.

„So sprich doch, Arthur!“

„Du hast mehr gethan, als Dir möglich war und ich von Dir erwartete.“

„Aber nicht genug, um Dich vor Unannehmlichkeiten zu bewahren.“

„Hm!“

„Ich war schon bei Pontius und Pilatus, um noch die kleinste Summe zu erobern; doch vergeblich. Vielleicht morgen. Sag' nur wie viel Du brauchst.“

„Ach laß uns davon schweigen, Du hast doch nicht die Summe.“

„Du mußt deshalb wohl in großer Verlegenheit sein, denn Du warst bei L.“

„Woher weißt Du es? Hat's Dir der alte Geizhals verrathen?“

„Nein! Ich sah Dich, als Du zu ihm in das Haus gingst. Doch A. und R. erzählten mir, daß Du schon bei ihnen gewesen, sie Dich leider abschläglich hätten bescheiden müssen und ich auch Nichts erhalten. Wie viel brauchst Du und wann?"

„Zu was nutzt es, daß ich es Dir sage, denn Du kannst mir doch nicht helfen? Ich bin jetzt entschlossen, mich ruhig wegen dieser Bagatelle einsperren zu lassen und hört das meine Tante, wird sie wohl schleunig helfen. Also laissons passer."

„Mit Deiner Ruhe scheint es mir schlecht bestellt."

„Nun, mich verdrießt nur, daß der Spektakel wegen dieser Lumperei Statt findet."

„Wann ist der Termin?"

„Morgen um acht Uhr!"

„Wie, acht Uhr? Da wäre es ja wirklich fast unmöglich, noch Etwas zu thun, außer es müßte hier in der Gesellschaft sich Jemand finden."

„Alles versucht und Nichts erreicht!"

„Kaum glaublich! und doch ist's nicht unmöglich, denn die Freunde und Bekannten sind nie schwerhöriger, nie zäher und härter, als wenn es heißt „helfen". Da ist nie Jemand zu Hause, während sie uns sonst dutzendweise anrennen und uns mit Versicherungen von Freundschaft überhäufen."

„Hast Du die Erfahrung heute Abend auch gemacht?“

„Jawohl und — Achselzucken, ein „Leider! Ganz unmöglich!“ und dergleichen Dinge waren die steten Entgegnungen auf meine Gesuche.“

„Wie viel fordertest Du?“

„Hundert Thaler, denn so viel glaubte ich annehmen zu können, daß Du gebrauchtest.“

„In vier Wochen gäbe ich vielleicht hundert Thaler darum, wenn ich morgen früh acht Uhr fünfzig hätte.“

„Wie, Du gebrauchst nur fünfzig?“

„Nicht mehr! und doch werde ich sie nicht haben!“

„Das wäre doch zu toll! Sofort frage ich Baron Z. Die kleine Summe muß er haben, so viel trägt er ja meist bei sich.“

„Baron Z. sowie Alle, die ich fragte, behaupteten, nicht fünfzig Groschen disponibel zu haben.“

„Arthur, ich glaube Dir kaum.“

„Glaube Das immerhin, denn es ist wahr. Leider wissen Alle, daß ich viel Schulden hatte, viel bereits geborgt habe und nun hat Keiner fünfzig Thaler für mich übrig, weil sie Alle glauben, sie bekämen das Geld so bald — vielleicht nie wieder. Welcher Mensch hätte diese Summe überhaupt je für einen einzelnen Bedürftigen übrig?“

„Lies nur, wie viel stets für mildthätige Stiftungen einkommt!“ rief Schwanitz ironisch.

„Das kommt auch in die Oeffentlichkeit. Unter allen anwesenden Gästen ist vielleicht nicht Einer, der nicht mit Vergnügen fünfzig Thaler gäbe, wenn dafür am folgenden Tage sein Name preisend in der Zeitung genannt würde; doch ob unter Allen Einer wäre, der sich im Stillen dieser Summe entäußerte, daran zweifle ich!“

„Ich auch, lieber Wallenrode; aber da wir einmal in dieser verderbten Welt leben, so laß uns jetzt nur wieder in ihren tollen Strudel hineinstürzen!“

Die beiden Freunde verließen das Zimmer und einige Minuten später trat auch Helene Wredo aus ihrem Versteck hervor.

Viertes Kapitel.

Graf Arthur Wallenrode war der jüngste Sohn einer der ältesten Familien des Landes. In Luxus und Ueppigkeit aufgewachsen, kannte er keine Art von Einschränkung und als das verwöhnte und verzogene Lieblingskind seiner Eltern war es ihm nie widerfahren, einen Wunsch aufgeben oder einer einmal gefaßten Idee entsagen zu müssen. Im zweiundzwanzigsten Jahre verlor er seinen Vater. Sein ältester Bruder, in dessen Besitz nun das Familienmajorat kam, kündigte bald allen seinen Geschwistern das harte „Muß" einer Einschränkung in ihrem luxuriösen Leben und Angewohnheiten an, da er eine bedeutende Schuldenmasse vorgefunden, die zu tilgen er für seine Pflicht hielt. Arthur Wallenrode, der alle diese Nachrichten in Paris empfing, glaubte nicht daran, setzte noch ein Jahr sein verschwenderisches Leben fort, mußte es aber endlich aufgeben, da sein Bruder keinen von ihm ausgestellten Wechsel mehr annahm und er auch Niemand Anderes fand, der für ihn bezahlte. Wenige Monate nach seiner Rückkehr in's Vaterland und die Heimath hatte er sich von der Sachlage aller Vermögensverhältnisse seiner Familie genau unterrichtet und hielt sich überzeugt, nicht von dem geringen Jahrgehalt leben zu können, das ihm beschieden. Er nahm daher den Vorschlag seines Bruders an, ihn unterstützen zu wollen, bis er, wie seine Brüder, eine Carrière ergriffen und durch Diese Zuschuß an Mitteln gewonnen. Von der Natur mit einem offnen Kopfe und klaren Verstande begabt, fiel es ihm nicht schwer, sich bald das wieder gründlicher anzueignen, was er früher auf Universitäten gehört und gelernt, aber im Taumel von Vergnügungen schon halb und halb vergessen hatte. Als er es erst bis zum Referendar gebracht, erkaltete sein Studieneifer etwas und er fing von Neuem an, sein Leben in früherer Weise zu genießen. Eine reiche Tante und Pathe unterstützte ihn mit Geldmitteln; doch nach einigen Jahren entzog sie ihm fast Alles, weil er nach ihrer Meinung zu viel gebrauchte, wenn er viel hatte.

Er gerieth in Verlegenheiten, indem zu der Zeit sein Bruder ebenfalls die Hand von ihm abzog. Die Tante befreite ihn noch verschiedene Male aus mißlicher Lage, erkrankte aber eines Tages ernstlich, wurde dabei mißlaunig und verbannte den Neffen gänzlich, als er sie wieder um Geld bat.

Leider bedurfte er es zu der Zeit nöthiger denn je. Als er nirgends Rettung erblickte, nahm er sich fest vor: „sich nie wieder in ähnliche Lage zu bringen," — vertraute seinem Freunde Schwanitz Alles und mit dessen Hülfe gelang es ihm, die dringendsten Gläubiger zu befriedigen. Einige der anfangs weniger Drängenden wurden mit der Zeit sehr unangenehm, und um so schleunig wie möglich den Gerichten zu entrinnen, verkaufte er alle seine werthvollen Sachen und entäußerte sich des Nothwendigsten. Er zog zuletzt in eine kleine bescheidene Wohnung zu einer frühern Kammerjungfer seiner verstorbenen Mutter, die in der Residenz verheirathet war und zwei überflüssige Stuben in dem von ihr gemietheten Häuschen hatte.

Mit Entsetzen hatte die alte Frau die bedenkliche

Lage des jungen Grafen wahrgenommen, nach besten Kräften zur Erleichterung derselben beigetragen und sich am Vorabend des Tages, wo er Morgens acht Uhr abermals fünfzig Thaler bezahlen sollte und es nicht konnte, fast die Augen ausgeweint, ihm nicht helfen zu können. Schlaflos verbrachte sie die Nacht und beim ersten Grauen des Tages verließ sie ihr Lager. Erschrocken fuhr sie zusammen, als sie, vielleicht zehn Minuten nachdem sie die Fensterrouleaux aufgezogen, ein heftiges lautes Klingeln an der noch verschlossenen Hausthüre hörte.

Zitternd ging sie die Treppe hinunter und war kaum weniger bestürzt, als sie vor der Hausthüre eine fest in Mantel und Schleier gehüllte Dame stehen sah, die mit leiser Stimme die Frage an sie richtete: „ob Graf Wallenrode bei ihr in dem Hause wohne.“ Kaum bejahte Das die alte Frau, so reichte die Fremde ihr einen Brief, bat sie dringend, ihn bald dem Herrn Grafen zu geben und verschwand dann schnell. Kopfschüttelnd blickte die Alte den Brief an, verschloß die Thür und ging, in Betrachtungen über die Verderblichkeit der Welt versenkt, an ihre häuslichen Geschäfte.

Mit sehr ernstem Gesicht brachte sie eine halbe Stunde später dem Grafen den Kaffee und mit diesen den Brief. Niedergeschlagen saß der junge Mann am Fenster. Als Frau Hellmann diese Miene sah, unterdrückte sie jedes strafende Wort, das sie beabsichtigt hatte, ihm zu seinem eigenen Besten zu sagen, verließ ihn schweigend und nahm sich vor, ein anderes Mal die Ermahnungsrede zu halten, die ihn, wie sie hoffte, auf den Weg der Tugend zurückführen sollte. Kaum war sie aber in ihrer Stube angelangt, so rief sie der laute Ruf des Grafen zu ihm zurück. Schon an der Thür kam er ihr mit der Frage entgegen:

„Gertrud, wer hat diesen Brief gebracht?"

Mit heiterm Lächeln deutete er dabei auf das Couvert, welches er noch in der Hand hielt. Diese Heiterkeit, dies Lächeln verdroß sie und erregt sagte sie:

„Nun, Herr Graf, Das werden Sie wohl selbst am besten wissen."

„Ich? Ich habe keine Ahnung davon, brenne aber vor Begierde, das Nähere zu erfahren."

„So! — Ja! Du mein Gott, so ist die Jugend

jetzt und darum geht es ihr auch schlecht, weil sie den Pfad der Tugend verläßt."

„Was soll das heißen?"

„Ach, bester Herr Graf, was würde dazu die selige Frau Mutter sagen!"

„Ich verstehe Dich nicht, Gertrud! Sag' mir, wer brachte den Brief!"

„Nun, sie wird es wohl selbst gewesen sein."

„Welche sie? Wen meinst Du? Sprich doch deutlich!"

„Mein Gott, ich kenne die Per—, die Dame oder das Fräulein nicht!"

„Wie, eine Dame brachte den Brief? — Wie sah sie aus? War sie groß oder klein, Brünette oder Blondine, jung oder war sie — alt, Gertrud?"

„Herr des Himmels, kennen Sie sie denn nicht?"

„Bewahre! Ich weiß Nichts, der Brief verräth Nichts. Es lag nur ein Fünfzigthalerschein darin."

„Ein Fünfzigthalerschein! — O, so sei gepriesen, Herr, du mein Gott! und Er segne die Person, die den Brief gebracht hat, sei sie alt oder jung, lahm oder taub!"

„Lahm! — taub?“ — rief der Graf, bestürzt zurücktretend.

„Nun ja; doch das sage ich nur so. Sie lief recht rasch und hörte auch was ich sagte.“

„So war sie also doch jung, wenn sie rasch lief! War sie auch hübsch, liebe Gertrud?“

„Ja, das weiß ich nicht.“

„Aber liebe, gute Gertrud —“

„Bei meiner Seel', Herr Graf, ich weiß es nicht.“

„Du sahst sie aber doch, mußt daher wohl wissen, wie sie aussieht. Besinne Dich doch.“

Frau Gertrud machte wirklich ein ganz nachdenkliches Gesicht und sprach leise vor sich hin: „Hm, — hm! Ja, wie sah sie aus?“ — Laut setzte sie hinzu: „Sie hatte einen Mantel um, Herr Graf!“

„Nun, das ist nichts Besonderes, im Gegentheil bei der Kälte äußerst natürlich; doch wie sah der Mantel aus? Welche Farbe hatte er? War er carrirt oder gestreift? Wie war der Hut? Schwarz, weiß, rosa oder blau?“

„Gott schütze mich! Ich weiß von Allem nichts.“

„Das ist aber zu arg, Gertrud. Wo hattest Du denn Deine Augen?“

„Ach, werden Sie nur nicht böse!“

„Nein, nein, Gertrud, es thut mir nur so leid, daß ich nicht erfahren soll, wem ich diese Rettung aus der Noth zu danken habe! — Sagte sie denn nichts? Wie sprach sie?“

„Sie redete mit leiser, zitternder Stimme, das weiß ich genau.“

„Was denn?“ fragte er eifrig.

„Sie fragte, ob Sie hier wohnten und bat mich, Ihnen bald den Brief zu übergeben.“

„Sonst nichts?“

„Nicht ein Sterbenswörtchen.“

„Unerklärlich! — — Wer mag es gewesen sein! Könnte ich es doch erfahren!“

Frau Gertrud wünschte dasselbe; doch Beider Verlangen blieb ungestillt, da sich ihnen nirgends ein Anhaltpunkt bot. Der Graf betrachtete aufmerksam die Handschrift, die offenbar absichtlich entstellt war. Er las von Neuem die Worte, welche den Fünfzigthalerschein begleitet und die Zeilen: „Unter Allen doch Einer, dem die Oeffentlichkeit Nichts gilt,“ bewiesen ihm nur wieder, daß Jemand seine Worte am vergangenen Abend gehört und ihm geholfen hatte; doch wer dieser Jemand war, blieb ihm trotz allem Nachsinnen unerklärlich.

Frau Gertrud, die sich an dem Tage bereits ärgerte, von ihren Augen nicht bessern Gebrauch gemacht zu haben, ärgerte sich wenige Wochen darauf noch mehr über ihre Dummheit, wie sie später ihre Handlungsweise zu nennen pflegte. Graf Wallenrode wurde nämlich durch den Tod seiner Tante und Pathe sehr reich. Die alte Dame hatte ihn zum Universalerben eingesetzt und Frau Gertrud meinte nun stets, er müsse durchaus Die heirathen, welche ihm den Fünfzigthalerschein gebracht.

Scherzend rief er ihr zu, wenn sie ihm das sagte: „Ja, ja, Gertrud, ich will es thun, wenn Du sie ausfindig machst!“ und er lachte, wenn sie darüber seufzte, daß es ihr unmöglich war, ihm diese Dame zur Frau zu verschaffen. Scherzte und lachte aber auch Wallenrode zu Gertrud über diesen Gedanken, so war es ihm im Innern selbst Ernst damit und gar oft ertappte er sich auf dem Wunsche: Diejenige auf sein schönes Gut versetzen zu können, der die Oeffentlichkeit Nichts galt. Er blieb eigentlich nur aus dem Grunde in der Residenz, weil er hoffte, dort Diejenige zu finden, welche sein Interesse bedeutend mehr in Anspruch nahm, als er sich selbst eingestehen mußte. Allen Damen seiner Bekanntschaft, die auf dem Balle gewesen, wo er mit Schwanitz flüchtig über seine Angelegenheiten gesprochen, näherte er sich abwechselnd im Laufe der Zeit, forschte sie aus, legte ihnen auf die Sache bezügliche Fragen vor und betrachtete sie prüfend, ob sich ihm nichts kundgäbe, das zur Entdeckung führte. Die einzige Folge vou diesen Ausforschungen war, daß er nach Jahresfrist mit mindestens zehn jungen Damen verlobt gesagt worden, und Aurelie von Palmen, die einst geglaubt, sein Herz zu besitzen, sich überzeugt hatte, daß sie sich in dieser Vermuthung auf das Bitterste getäuscht. Sie nahm sich Wallenrodens Flatterhaftigkeit tief zu Herzen, denn sie hatte ihn geliebt, als er noch arm gewesen und sich Hoffnungen hingegeben, als er reich geworden. Vergeblich setzte die welterfahrene Hofräthin ihrer Tochter auseinander, daß sie unklug sei, ein Herz zu haben und thöricht wäre, nur einmal lieben zu wollen. Aurelie besaß zufällig als Tochter einer solchen Mutter ein Herz und dieses hing mit tausend Banden der Liebe an Demjenigen, der, als sie die Schwelle der großen Welt betrat, ihr scheinbar ganz das seinige widmete. Bälle, Gesellschaften verloren den Reiz für Aurelie, als Graf Wallenrode sie nicht mehr auszeichnete und nur mit Gewalt vermochte die Hofräthin ihren Willen durchzusetzen, daß ihre Tochter diese Feste fort und fort besuchte. Mit Gewalt hatte sie Aurelie auch eines Abends auf einen Ball gebracht, den ihre ältere Tochter Clotilde gab. Müde, blaß und traurig saß das junge Mädchen gegen Ende des Balles in der Fensternische, wo ungefähr ein Jahr zuvor Helene Wredo die schrecklichsten und köstlichsten Augenblicke ihres Lebens verlebt und sie erinnerte sich des Balles im vergangenen Jahre, wo sie noch so heiter und glücklich gewesen.

Ein Zufall führte Graf Wallenrode in das Zimmer. Er bemerkte sofort Aurelie, näherte sich ihr und fragte lächelnd:

„So allein und weshalb so traurig, gnädiges Fräulein?“

„Ich bin nicht traurig.“

„Dann trügt der Schein! Sie sehen sehr melancholisch aus.“

„Ich bin nur müde vom vielen Tanzen.“

„Daran dachten Sie sicherlich nicht.“

„Im Augenblick nicht, da haben Sie Recht."

„Und an was dachten Sie? Darf ich es nicht wissen?"

„An den Ball im vergangenen Jahre, also an etwas sehr Unbedeutendes."

„Richtig, da war hier Ball."

„Und wo Sie, anstatt zu tanzen, hier den Apoll so lange Zeit bewunderten."

„Das wissen Sie?" —

„Ja! denn meine Schwester und ich suchten unsere Cousine Helene, die nach dem Fall spurlos verschwunden. Wir traten auch in dieses Zimmer oder sahen vielmehr hinein, erblickten aber statt der Verlorenen viele Herren. Sie standen dort am Kamin gelehnt."

Graf Wallenrode blickte anstatt nach der Richtung, wohin Aurelie deutete, in ihr Antlitz. Es war nur leicht geröthet, färbte sich aber mit dunkler Gluth, als er lebhaft ausrief: „Ich bitte Sie, gnädiges Fräulein, um Wahrheit, Offenheit! Sagen Sie mir, ob — ob Sie hörten, was wir sprachen?"

„Sie moquirten sich, glaube ich, über das Tanzen meiner Cousine."

„Ja, richtig, das ging voran, ich entsinne mich dessen noch ganz genau.“

„Ging voran?“

„Dem was ich meine und was wir später besprachen!“

„Später hörte ich nichts, wir zogen uns schnell zurück.“

„Und kamen auch nicht wieder in die Nähe dieses Zimmers?“ fragte Wallenrode langsam und ernst, während er durchdringend auf das tief erröthende und kurz darauf erbleichende Mädchen blickte.

Aurelie schwieg. Sie wagte es nicht, einzugestehen, daß sie nicht allein ein-, sondern sogar zweimal in die Nähe dieses Zimmers gekommen war, um nachzusehen, ob Wallenrode noch darin oder wo anders sei.

„Bitte! o bitte sagen Sie, weshalb Sie so schnell die Farbe wechseln, weshalb Sie so verlegen sind?“

Aurelie stand auf, Wallenrode trat ihr in den Weg, als sie dem Zimmer enteilen wollte. Jubelndes Entzücken durchströmte seine Seele, daß Aurelie, die er früher geliebt, für die er sich trotz seiner andern Forschungen fortgesetzt interessirt hatte und die er in dem Augenblicke mehr als je liebte, wo sie in fast tödtlicher Angst ihm gegenüber stand, — Diejenige sein könnte, welche ihm damals geholfen. Er wähnte, sie erröthe und erbleiche aus dem Grunde, weil sie sich nun auf ihrer guten That ertappt sähe und glaubte, sie wolle ihm deshalb entfliehen, um ferneren Fragen auszuweichen. Tief ergriff ihn das zarte Benehmen des Mädchens; doch etwas mehr Gewißheit wollte er um jeden Preis erringen! Eindringlicher, ernster, ja fast feierlich sagte er: „Ich flehe Sie an, einzugestehen, ob Sie nicht an jenem Abend noch einmal in die Nähe dieses Zimmers gekommen sind und verspreche Ihnen auf mein Wort, dann mit keiner Silbe die Sache weiter zu berühren. Also sprechen Sie, wen erblickten Sie später hier im Zimmer — wenn Sie zurückgekehrt sind?“

„Ich kehrte zurück und sah Sie und Lieutenant von Schwanitz!“ antwortete Aurelie zitternd. Ruhig und ernst setzte sie nach einigen Sekunden hinzu: „Ich hörte aber Nichts von dem, was Sie sprachen!“

Wallenrode lächelte bei diesen letzten Worten, trat dann mit einer Verbeugung zurück und Aurelie eilte zu ihrer Mutter.

Am folgenden Tage kam Wallenrode in's Zimmer der Frau Gertrud und rief heiter aus: „Nun, ich habe sie gefunden und sie ist jetzt meine Braut!"

Die Alte wußte sofort, auf was er anspielte; mit Freude strahlendem Blick schaute sie in seine glänzenden Augen und sprach ein lautes „Gott sei Dank." Als er ihr sagte: „Meine Braut ist Aurelie von Palmen, die Tochter des Hofraths und wohnt drüben in dem Eckhause," nickte Frau Gertrud mit dem Kopfe und rief freudig: „Etwas weiß ich doch bestimmt: daß die junge Dame an jenem Morgen nicht diese Straße hinabeilte, sondern der Hauptstraße entgegenlief und rechts um die Ecke bog!"

Wenige Monate später hatte Gertrud die Ehre eines Besuches der jungen Gräfin Wallenrode.

„Ihr seid ja wohl alte Bekannte!" rief Wallenrode neckend, als Aurelie der alten Gertrud freundlich die Hand beim Gruße reichte.

Aurelie blickte etwas erstaunt ihren Mann an, doch als ihr Blick dann aus dem Fenster glitt und sie das Seitengebäude ihres elterlichen Hauses sah, sagte sie schnell: „Ja, ja, ich erinnere mich, Frau

Hellmann mitunter am Fenster gesehen zu haben, wenn ich im Zimmer meiner Cousine war."

Graf Wallenrode lächelte leicht und dachte: „Sie mag es doch durchaus nicht eingestehen und so will ich sie auch nicht mehr daran erinnern."

Frau Gertrud murmelte vor sich hin, als das junge Ehepaar sie verlassen: „Mein Gott, wenn er mich doch gefragt hätte, ob sie es sei, bevor er sich mit ihr verlobte, denn Das hätte ich ihm mit Bestimmtheit sagen können, daß sie es nicht war, die ihm den Fünfzigthalerschein gebracht."

Fünftes Kapitel.

Vier Jahre vergingen dem Grafen Wallenrode in ungetrübtem Glücke. Er verlebte diesen Zeitraum von Jahren theils auf seinem schönen Gute und in der Residenz, theils auf Reisen. Eine lange gefährliche Krankheit seiner Frau warf den ersten dunklen Schatten auf seinen, bis dahin so heitern, sonnenhellen Lebenspfad. Als Kummer und Sorge aber erst einmal an seinem häuslichen Herde Platz genommen hatten, blieben diese bösen Gäste — wie das so häufig auf Erden zu gehen pflegt — lange Zeit seine treuen Begleiter und das einmal entschwundene Glück schien nicht wiederkehren zu wollen.

Seine beiden Kinder, die der Abgott der Eltern waren, starben, nachdem seine Frau kaum genesen. Eine entsetzliche Feuersbrunst verheerte sein Gut und Mißernten bereiteten ihn während der folgenden Jahre noch bedeutendere Verluste.

Aurelie, die im Sonnenschein des Glücks liebenswürdig, gut und freundlich gewesen, verwandelten Schmerz, Prüfungen und Leiden in ein stets mißgestimmtes, verdrießliches, launenhaftes Geschöpf. Sowie sie früher die Freude ihres Mannes gewesen, wurde sie nun seine Qual. Anstatt ihn bei den ihn betreffenden Verlusten zu trösten, weinte und jammerte sie über die kleinste Einschränkung, die ihre pecuniäre Lage erforderlich machte, und als der Banquerott eines bedeutenden Handlungshauses sie ihres ganzen Vermögens beraubte, da war sie in Verzweiflung, daß ihr Mann nicht mehr reich genug, um sie diesen Ausfall an Mitteln nicht empfinden zu lassen. Sie verließ kaum ihr Zimmer, lag dort weinend auf dem Sopha und beklagte ihr trostloses Geschick.

Wallenrode wurde ihrer steten Lamentationen müde, gab ihr bittere gereizte Antworten und nach Verlauf von acht Jahren war die Ehe eine der unglücklichsten der Welt.

Verstimmt und niedergedrückt saß Wallenrode eines Abends in der Residenz bei seiner Schwägerin Clotilde, in dem Zimmer, wo sich das Schicksal seines Lebens entschieden.

Auf dem Antlitz dieser Frau hatte der Kummer auch tiefe Furchen gezogen und man erkannte in dieser verfallenen Gestalt kaum die einstmals so blühend schöne Clotilde wieder. Ihr Mann war Spieler geworden und hatte am Pharotisch sein ganzes Vermögen vergeudet. Am folgenden Tage sollte Clotilde mit ihren fünf Kindern die Wohnung verlassen, in die ihr Gatte vor ungefähr zehn Jahren sie als junge Frau triumphirend eingeführt — in welcher sie mehrere Jahre in Glanz und Ueppigkeit, dann in Kummer und Elend gelebt und in welcher ihr Mann einige Wochen zuvor als Selbstmörder geendet! —

„Wenn ich nur eine andere Zufluchtsstätte als das Haus meiner Mutter hätte!“

Mit diesem Ausbruch unterbrach Clotilde plötzlich das Schweigen, das lange Zeit zwischen ihr und ihrem Schwager geherrscht.

„Nimm mein Anerbieten an, reise auf mein Gut, Clotilde, denn ich beharre dabei, daß es das Beste für Dich unter den jetzigen traurigen Verhältnissen sein würde, wenn Du nicht in der Residenz bliebest."

„Ja, lieber Arthur, wenn Aurelie anders wäre, dann würde ich mich keinen Augenblick besinnen, Deiner freundlichen Einladung zu folgen, Deine Güte anzunehmen."

Wallenrode seufzte und sagte dann mit Achselzucken: „Daran müßtest Du Dich freilich gewöhnen, Aureliens kleine Rücksichtslosigkeiten zu ertragen, wenn wir auch dahin kommen und im Sommer auf unserem Gute bleiben."

„Das vermag ich nicht, lieber Arthur! Aurelie kann jetzt zu böse und heftig sein!"

„Glaubst Du, daß Deine Mutter Dich mit Liebe und Zartheit behandeln wird?"

Clotilde brach in Weinen aus, Wallenrode machte ein peinliches, verlegenes Gesicht. Endlich sprach er: „Deine Mutter ist auch zu beklagen, Clotilde. Bedenke, wie sie sich seit Jahren mit den vier Kindern Adelgundens und mit dieser kränklichen Tochter herumplagen muß, die ewig in Krämpfen liegt."

„Adelgunde, lieber Arthur, ist nicht so kränklich wie Ihr Alle glaubt. Sie war von jeher anspruchsvoll und eigensinnig, that selbst nie etwas und verlangte von ihrer Umgebung stets Unmöglichkeiten. Sie ist aber der Mutter Lieblingstochter und diese sagt ihr daher kein böses Wort, thut Alles, um sie nur in guter Laune zu erhalten, da, wenn Adelgunde verstimmt oder traurig ist, es sich noch schlechter mit ihr lebt."

„Es ist nicht zu verwundern, wenn Deine Schwester verstimmt und sehr melancholisch ist, denn Adelgundens Loos ist doch ein zu schreckliches und ich muß sagen, ich beklage sie tief!"

„Allerdings ist es furchtbar, einen Mann im Irrenhause und zwei blödsinnige Kinder zu haben; doch, Arthur, ist nicht mein Schicksal fast noch schrecklicher?"

Graf Wallenrode stand auf und während er langsam mit gesenktem Kopfe durch das Zimmer schritt, sagte er ernst: „Wir sind Alle nicht glücklich, Clotilde, — und sieh, das thut mir leid, daß Deine Mutter in ihrem Alter so viel Trübsal und Schmerz durch ihre Kinder erlebt!"

Clotilde erhob sich auch von ihrem Sitze. Sie ging auf Wallenrode zu, der vor dem Kamine stand und gedankenvoll auf die kleinen griechischen Gottheiten sah, die noch wie damals das Gesimse zierten. Die bleiche Frau legte ihre magere Hand auf den Arm ihres Schwagers und leise flüsternd sprach sie: „Arthur, weißt Du, ich fürchte, daß die Mutter durch eine grausame übereilte Handlung Gottes Strafgericht heraufbeschworen hat und daß es uns Allen deshalb im Leben nie gut gehen wird?“

Wallenrode erbebte. Unwillkürlich schauderte er vor Clotilden zurück, die ihre Mutter so schwer anklagte.

„Wende Dich nicht von mir ab, Arthur, sondern hilf mir, begangenes Unrecht wieder gut zu machen.“

„Erkläre Dich deutlicher.“

Entsinnst Du Dich noch der Helene Wredo?“

„Helene Wredo? — Nein! — Ach ja! — Eure Cousine, jetzt erinnere ich mich.“

„Hast Du nicht von ihrem Schicksal gehört?“

„Gewiß! Doch ist es mir so halb und halb entfallen und ich muß mich überhaupt erst noch auf ihre äußere Erscheinung besinnen, da sich ihr Bild ziemlich in meiner Erinnerung verwischt hat. Sie war ein sehr hübsches Mädchen, nicht wahr?“

„Hübsch, und was noch besser ist, sie war unendlich gut, besaß ein vortreffliches Herz und war die Freundlichkeit und Gefälligkeit selbst."

„Aber sie mußte doch eine sehr eitle halbverdrehte Person sein, beste Clotilde, daß sie wegen der Bagatelle hier auf dem Balle, wo sie sich durch ihr Tanzen etwas lächerlich gemacht, die Stellung in Eurem Hause aufgab und spornstreichs die Residenz verließ. Diese Albernheit hat sie mir damals ganz verleidet."

„Die Sache verhält sich nicht so! Helene ist so zu sagen von meiner Mutter aus dem Hause gejagt worden. Ohne Erbarmen hat man das arme Geschöpf auf die Straße geschickt und was mag aus ihr geworden sein, die hier ganz fremd, ohne alle Bekannte, ohne Freunde war, Niemand in der Welt hatte, der sich ihrer annahm? — O Arthur, glaube mir, Helene Wredo's Schicksal wird an uns gerächt."

„Wie kamen aber Deine Eltern dazu, so hart mit einer Verwandten zu verfahren?"

„Meine Eltern? Bester Arthur, ich merke, daß Du meinen verstorbenen Vater wenig gekannt! Bei uns war nie vom Vater, sondern stets nur von der Mutter die Rede. Nach ihrem Willen geschah Alles. Sie lockte die arme Helene einst unter schönen Versprechungen in ihr Haus, wollte ihre zweite Mutter sein und — behandelte sie wie eine Sclavin! Wir Kinder waren damals jung und verwöhnt, — wußten kaum, welches Unrecht wir thaten, unsere Cousine als Dienstmagd zu betrachten; doch das Schlimmste wurde Helene am Morgen nach dem Balle angethan, wo sie bereits das Unglück gehabt, den Zorn meiner empfindlichen Mutter dadurch zu erregen, daß sie sich in großer Gesellschaft lächerlich gemacht. An jenem Morgen erwachte meine Mutter nämlich sehr früh und fühlte sich unwohl. Sie klingelte nach Helenen und diese kam nicht. Das herbeieilende Mädchen, das sie nun in das Zimmer meiner Cousine schickte, kehrte mit der Nachricht zurück, daß Diese fort sein müsse, da sie nicht zu finden sei und ihr Hut und Mantel — auch der Hausschlüssel fehle. Als meine Mutter nun voll Bestürzung selbst in Helenens Stube lief, kam Jene plötzlich, mit Hut und Mantel angethan, athemlos und anscheinend in großer Aufregung die Treppe heraufgestürzt. Auf die an sie gerichtete Frage, wo sie gewesen sei, hat sie Anfangs Nichts, später einiges Ausweichende geantwortet und dann gebeten: nicht in sie zu dringen, da sie es weder sagen könne, noch wolle, wohin sie gegangen wäre, obgleich nicht das mindeste Unrecht dabei sei. Meine Mutter hat darauf bestanden, die Wahrheit zu erfahren und Helene hat geschwiegen. — Später ist ein böses, beleidigendes Wort nach dem andern erfolgt und mein Vater herbeigerufen worden. Als auch Helene ihm nicht Auskunft gegeben, hat er sie auf Befehl meiner Mutter dazu veranlassen müssen, das Haus zu verlassen! — Weinend ist Helene gegangen, nicht wiedergekehrt und spurlos seitdem von der Erde verschwunden, denn nirgends haben mein Vater, mein Mann und ich sie trotz aller Nachforschungen auffinden können, nie haben wir seit jenem Tage ein Wort von ihr gehört!"

Mit lebhafter Spannung hatte Graf Wallenrode diese Erzählung angehört und lange Zeit, nachdem Clotilde geendet, stand er wortlos, aber voll Gedanken da. Wie ein Blitz durchzuckte ihn der Gedanke, wo Helene Wredo an jenem Morgen gewesen war und weshalb sie geschwiegen hatte. — Gleich Nebelschleiern sanken alle die ihr Bild umhüllenden Schatten vor seinen Augen nieder und hell und strahlend im lichten Sonnenglanz stand ihr hübsches, zartes Benehmen, ihre edle, menschenfreundliche Handlungsweise vor seiner Seele. Er war tief im Innern verzweifelt, daß sie seinetwegen verstoßen worden, seinetwegen geduldet und gelitten. — Wie bei Clotilden setzte sich bei ihm nach und nach der Wahn fest, daß Helenens — vielleicht furchtbares — Geschick an den Kindern Frau von Palmens gerächt wurde. Clotildens Mahnung: nach Helenen zu forschen, bedurfte es nicht, denn alle seine Bestrebungen waren fortan dahin gerichtet, ihren Aufenthalt zu entdecken, um begangenes Unrecht wieder gut zu machen.

Mit Gewalt verscheuchte er die trüben Befürchtungen, daß Helenens Schicksal die traurigste Wendung genommen aus seiner Seele und suchte vielmehr die frohe Hoffnung in seinem oft ganz verzweifelten Herzen und Gemüthe aufrecht zu erhalten, daß der Himmel damals das junge Mädchen beschützt, mit dem die Menschen so hart verfahren waren.

Monate lang blieben Graf Wallenrodens Forschungen eben so erfolglos wie die in früherer Zeit von Clotilden angestellten. Entlich entschloß er sich zu einer Reise nach ihrer Heimath. Der Prediger von O., der, wie man ihm im Dorfe erzählte, früher einmal nach dem Tode ihrer Mutter Helenens Beschützer gewesen, lebte nicht mehr und seine Frau und Kinder hatten schon seit Jahren den Ort verlassen. Man verwies den Grafen zuletzt an den ehemaligen Boten des Dorfes. Dieser alte Mann, den die letzten dreizehn Jahre stark mitgenommen und beinahe kindisch gemacht hatten, blickte forschend den vornehmen Herrn an, welcher sich so theilnehmend nach seinem frühern Lieblinge erkundigte. Nachdem er ihn prüfend betrachtet, erwiderte er freundlich:

„Den besten Bescheid über Helene Wredo kann Euch die jetzige Fürstin Halkonsky geben, die seit einigen Monaten in der Residenz unseres Landes lebt.“

Wallenrode verließ, ohne ein weiteres Wort der Auskunft vom alten Schubert zu erhalten, dessen kleines Besitzthum, das, wie ihm die Dorfleute erzählten, er vor Kurzem von einer vornehmen Dame geschenkt bekommen, die es im Dorfe selbst für ihn gekauft hatte.

Als Wallenrode in die Residenz zurückkehrte, fand er seine Frau krank, dem Tode nahe und Frau von Palmen in Verzweiflung am Sterbebett ihrer Tochter!

Der Tod Aureliens erschütterte Wallenrode tief. Es war als ob mit ihr die Erinnerungen an ihre Fehler und Eigenheiten begraben worden wären, denn, gedachte er später ihrer, trat ihm nur die Zeit des Glückes, die er mit ihr verlebt, vor die Seele. Als er den ersten, heftigen Schmerz überwunden hatte, ihn wieder die Dinge der Außenwelt mehr berührten und er an etwas Anderes als seinen Verlust dachte, da entsann er sich auch des einzigen ihm zu Gebote stehenden Mittels, Nachrichten über Helene Wredo zu erhalten.

Wallenrode ging zur Fürstin Halkonsky, wurde aber nicht angenommen. Er schrieb an sie und erhielt keine Antwort. Als er einen seiner Bekannten, der ein Freund des Fürsten war, gebeten, bei der Familie nach Helene Wredo zu forschen, wurde diesem der Bescheid, daß man ihm Nichts über das Schicksal jener Dame zu sagen wisse. Wallenrode ermattete endlich bei seinen vergeblichen Nachforschungen und verließ ein Jahr nach dem Tode seiner Frau die Residenz.

Sechstes Kapitel.

Fürst Halkonsky war in frühern Jahren Gesandter am * Hofe gewesen und er hatte zu der Zeit ein sehr brillantes Haus in der Residenz ausgemacht. Stete Kränklichkeit seiner Gemahlin, die eine geborene Italienerin war und Deutschlands rauhes Klima nicht vertragen konnte, hatten den Fürsten zum Aufgeben seines Postens bewogen und ihn veranlaßt, mit seiner Frau und einzigen Tochter, die in einem Pensionat der Residenz erzogen worden, nach Italien zu übersiedeln, wo seine Frau Genesung zu finden hoffte.. Gern erfüllte er den sehnlichen Wunsch seiner Tochter: deren Lieblingslehrerin, Fräulein Agnes Schubert, mit nach Italien zu nehmen und nie bedauerte er, die Wahl seines Kindes gebilligt zu haben, da Agnes Schubert ihm bald die wesentlichsten Dienste leistete. Olga Halkonsky verheirathete sich nämlich in Italien und deren einstmalige Lehrerin erfüllte nun bei der leidenden Fürstin die Pflichten einer Tochter. Mit unermüdlicher Sorgfalt wachte sie an deren Lager und was sie zur Erleichterung der von Tag zu Tag schwächer und kränker werdenden Frau thun konnte, geschah von ihrer Seite.

Als die Fürstin im zweiten Jahre ihres Aufenthaltes in Italien sich dem Tode nahe fühlte, empfahl sie ihre treue Krankenpflegerin ihrem Gemahl auf das Dringendste. Dem Fürsten, dem Agnes Schubert bei Lebzeiten seiner Frau durch ihre aufopfernde Thätigkeit lieb und werth geworden, wurde sie ganz unentbehrlich, als ihn ein Schlaganfall lähmte. Sie wurde nun seine Pflegerin und als er die Sprache wieder erhalten, die ihm anfangs geraubt gewesen, bat er sie: „ihn nicht zu verassen," und Agnes leistete ihm das feierliche Versprechen: „bei ihm bleiben zu wollen."

Italien, das dem Fürsten nie ein angenehmer Aufenthalt gewesen, wurde ihm noch mehr verleidet, als dort ein Jahr nach dem Tode seiner Frau seine Tochter starb und kaum erlaubte daher sein körperlicher Zustand eine Reise, so begab er sich nach Deutschland. Nach fünfjähriger Abwesenheit kehrte er mit Agnes Schubert dahin zurück. Auf der Reise nach der Residenz, in welchem Orte er künftig zu leben gedachte, bemerkte er Agnes tiefe Abneigung gegen diese Stadt. Er sah, daß, so schmerzlich ihr sonst sein Leiden war, sie eine Erhöhung desselben, die ihn unterwegs betraf und an eine Stadt in der Provinz fesselte, deshalb weniger unangenehm schien, da sie Ursache ihrer verzögerten Ankunft in der Residenz zu werden versprach.

Er forschte nach dem Grunde dieser Abneigung und Agnes Schubert erzählte ihm ihre Lebensgeschichte. Als sie damit zu Ende, sprach der Fürst: „Ich komme auf meinen Vorschlag zurück, den ich Ihnen, liebe Agnes, bereits in Italien machte und welchen Sie ablehnten, weil Sie, wie Sie behaupteten, mir nicht ebenbürtig wären. Ueberwinden Sie diese Scrupel, auf die ich nicht das mindeste Gewicht lege. Nehmen Sie meinen Namen an, der Ihnen eine Stellung in der Welt giebt und vor niedriger Verläumdung schützen wird. An Mitteln, diese einmal in der Welt eingenommene Stellung auch nach meinem Tode zu behaupten, wird es Ihnen nicht fehlen, denn ich habe Sie längst in meinem Testamente zu meiner Erbin erklärt, indem ich unumschränkter Herr meines Vermögens bin."

Helene wollte in tiefer Dankbarkeit dem Fürsten zu Füßen fallen; doch er verhinderte es dadurch, daß er sie mit seinem linken Arm, der nicht gelähmt war, umfaßte, an sich zog, einen Kuß auf ihre Stirn drückte und dann ruhig sagte: „Ich bin Ihnen mehr Dank schuldig, als Sie mir, denn Sie haben einen Theil Ihrer besten Jahre uns geopfert, haben Ihre Kräfte uns gewidmet und auch mich mit einer so aufopfernden Güte und Liebe gepflegt, daß, wollten wir abwägen, ich tief, tief in Ihrer Schuld sein würde!"

Agnes Schubert hörte vier Wochen später, bei ihrer Trauung, zum ersten Mal seit zehn Jahren wieder ihren wahren Namen: Helene Wredo, den sie einst abgelegt, da ihre Tante ihr zugeschworen hatte, diesen mit Schande und Schmach bedecken zu wollen.

Als Fürstin Halkonsky kam Helene in die Residenz. Der Kammerdiener ihres Mannes, der vorausgereist war, um seiner Herrschaft eine Wohnung zu miethen, hatte die Etage des Hauses ausgewählt, die lange Zeit von ihrer Cousine, Clotilde, bewohnt worden, und mit seltsamen Gefühlen durchschritt Helene diese ihr bekannten Räume.

Die frühern Freunde und Bekannten des Fürsten hörten wohl den Namen seiner jetzigen Frau; doch war er ihnen, wie Helene richtig vermuthet, nnbekannt. Bezeichneten sie sie zu Andern, so geschah es mit den Worten: „Sie war die Erzieherin seiner Tochter und spätere Gesellschafterin und Pflegerin der verstorbeneu Fürstin, die sich dem alten Herrn unentbehrlich zu machen gewußt.“ — Einige zuckten die Achseln, daß der Fürst sich in so späten Jahren noch einmal verheirathet, Andere fanden es natürlich und die genauen Hausfreunde mehr als begreiflich, je näher sie Helene kennen lernten und die Liebenswürdigkeit ihres Wesens hervortreten sahen.

In das Haus der Hofräthin von Palmen drang nicht die Kunde von Helenens Anwesenheit in der Residenz. Sie lebte still und eingezogen mit ihren beiden unglücklichen Töchtern und neun Enkeln, die der alten Frau das Leben sauer und schwer machten und sie eigentlich nie mehr zu einer ruhigen, behaglichen Stunde kommen ließen. Die frühern Freunde der Familie mieden sie.

Einen tiefen und gewaltigen Eindruck brachte der Besuch und der spätere Brief des Grafen Wallenrode in Helenen hervor. Seit langen Jahren hatte sie diese flüchtige Jugendneigung aus ihrem Herzen verbannt und wenn sie später einmal an dies Gefühl zurückgedacht, leicht bei der Erinnerung über die eigentliche Thorheit ihrer Handlungsweise gelächelt aber doch nie gewünscht, es unterlassen zu haben, ihm aus jener kleinen Verlegenheit zu helfen.

Aureliens Tod beklagte sie, wie überhaupt die ganze traurige Lage ihrer Verwandten, die so hart vom Schicksal verfolgt worden. Als zwei Jahre, nachdem Helene verheirathet war, der Fürst starb und sie die Erbin seines nicht unbedeutenden Vermögens wurde, ließ sie Clotilden, die des Geldes so bedurfte, heimlich Unterstützungen zufließen, um deren traurige Lage einigermaßen zu erleichtern. Für den Sommer verließ Helene die Residenz; doch als der Winter herannahte, kehrte sie noch einmal dahin zurück, um ihre Angelegenheiten zu ordnen. Sie beabsichtigte, sich auf ein Gut zurückzuziehen und dort in friedlicher Ruhe ihre Tage zu beschließen.

Es war gegen Ende November als Helene in die Residenz zurückkam. Wenige Tage darauf, am Geburtstage ihres Mannes, besuchte sie sein Grab und schmückte es mit den schönsten Blumenkränzen. Wehmüthig gestimmt erreichte sie ihre Wohnung und dort bemerkte sie erst den Verlust eines Armbandes, das in einer Kapsel das Bildniß Olga Halkonsky's enthielt und welches sie von ihr geschenkt bekommen, als Jene sich in Italien verheirathet hatte.

Es lag Helenen viel daran, das für sie werthvolle Geschenk wiederzuerhalten. Sie bestimmte daher laut Zeitungsannonce dem Finder eine Belohnung von fünfzig Thalern, welcher Preis bedeutend den Goldwerth des Armbandes überstieg. Da das kleine Bild für keinen Fremden Interesse haben konnte, gab Helene sich der bestimmten Hoffnung hin, daß der Finder das Armband abliefern würde.

Tage und Wochen vergingen, ohne daß Helene das Geringste von ihrem Armbande vernahm und sie glaubte es sei unwiederbringlich verloren.

Am Sylvesterabend, als sie, Reminicenzen feiernd, am Kamine des Zimmers saß, wo sie fünfzehn

Jahre zuvor so harte, scharfe Urtheile über sich gehört und einzelne Worte des Lobes von den Lippen eines Mannes vernommen, die ihr unendliche Freude bereitet, — da meldete ihr der Diener, daß ein Fremder mit einem Armbande da sei. Erfreut sprang Helene auf und rief: „Bringen Sie es mir!“

„Der Fremde verlangt eine genaue Beschreibung Ihres verlorenen Armbandes!“ entgegnete der Diener.

„So lassen Sie ihn eintreten!“

Der Diener ging, Helene eilte an ihre Chatoulle und entnahm dieser einen Fünfzigthalerschein. Der Fremde trat in's Zimmer. Es war ein hoch und schlank gewachsener Mann, der in einen langen weiten Mantel gehüllt war, dessen Kragen er hoch hinaufgezogen; er hatte das eine Auge mit schwarzer Binde verbunden und trug außerdem noch einen grünen Augenschirm. Linkisch und verlegen verbeugte er sich vor der ihm einige Schritte entgegentretenden Helene und blieb dann an der Thür stehen, die im Schatten der Lampe lag, welche das Zimmer überhaupt nur schwach erhellte.

„Sie verlangen eine genaue Beschreibung des

von mir verlorenen Armbandes?“ rief Helene mit klarer, volltönender Stimme.

Der Fremde verbeugte sich abermals sehr tief und äußerst linkisch.

„Mein Armband ist von mattem Golde. Ein kleines Bouquet von Vergißmeinnicht, die aus Türkisen gebildet, liegt auf einfacher Platte und unte derselben ist das Bildniß einer jungen Frau mit langen schwarzen Locken und dunklen Augen. Sie trägt ein weißes Kleid.“

„Dann ist dies Armband das richtige!“ sprach der Fremde unter Husten und Räuspern. Er überreichte Helenen dabei den fraglichen Gegenstand, der in Papier gewickelt war. Helene zog das Armband heraus, erkannte es ebenfalls als das ihrige an und reichte nun dem Ueberbringer den Fünfzigthalerschein. Der Fremde nahm ihn nicht und sprach leise:

„Ich wünschte eine andere Belohnung!“

„Welche?“ fragte Helene, indem sie einige Schritte von der Thür zurückwich und den Fremden anstarrte, dessen ganzes Wesen sich wie mit Zauberschlag verändert hatte und der sich mit edlem Anstande ihr näherte, als er ruhig sagte:

„Auskunft über Helene Wredo!“

„Wer sind Sie?“

„Jemand der bereits seit fünfzehn Jahren in Ihrer Schuld ist und sich glücklich schätzt, dieselbe heute durch eine Kleinigkeit abtragen zu können.“

„Ich verstehe Sie nicht, Sie sind nicht in meiner Schuld — ich — ich kenne Sie nicht,“ sprach Helene in namenloser Verwirrung.

„Dies ist vielleicht die erste Unwahrheit Ihres Lebens, doch ist es auch möglich, daß Sie die Vergangenheit und mich vergessen haben. Ich erlaube mir daher, Sie an Einzelnes zu erinnern, vor Allem bitte ich Sie, dieses Couvert zu betrachten.“

Helene wich abermals vor dem ihr näher tretenden Herrn zurück, indem sie flehend rief: „Nein, nein, Graf Wallenrode, Nichts von vergangener Zeit! Lassen Sie mich Ihnen herzlichen Dank sagen —“

„Und was soll ich thun? Ich soll Ihnen nicht endlich, endlich danken, wonach ich mich seit so langen Jahren gesehnt?“

„Nein!“ sagte sie lächelnd, „denn wir sind ja nun quitt! — Ich erwarte nur jetzt von Ihnen, daß

Sie Ihre Mummerei abwerfen, oder" – fügte sie ernst, langsam und besorgt hinzu, „leiden Sie am Auge — sind Sie —"

Sie vollendete die Frage nicht; doch wenige Sekunden darauf schauten sie ein Paar dunkelglänzende klare Augen an und verscheuchten ihre Besorgniß, daß er auf einem Auge blind geworden sei.

Anscheinend unbefangen verplauderten sie ungefähr eine Stunde; doch im Herzen waren es Beide nicht. Dunkle Erinnerungen aus ihrem vergangenen Leben traten immer wieder vor ihre Seele und trübten ihnen das Glück, das sie momentan durch ihre Vereinigung empfanden. Nach Verlauf einer längern Pause stand Wallenrode auf, um sich zu verabschieden.

„Kommen Sie bald wieder!" sprach Helene einfach und reichte ihm die Hand.

Er ergriff sie und sagte freundlich: „Dank für diese Aufforderung und lassen Sie mich beim scheidenden Jahre den Wunsch aussprechen, daß Ihre Zukunft so licht, heiter und eben sein möchte, wie Ihre Vergangenheit es wohl gewesen ist! Nicht wahr, Ihre Vergangenheit war eine frohe und glückliche?"

Ein unendlich schmerzliches Lächeln umzog Helenens Mund als sie bebend erwiderte: „Wünschen Sie mir lieber, daß ich einmal froh und glücklich sein möchte, denn ich war es bisher nie!“

„Wie? Täuscht mich Ihr Aeußeres so? — Sie machten nur einen heiteren, zufriedenen Eindruck — ich wähnte Sie in glücklicher, sorgenfreier Lage.“

„Letzteres ist wahr! Meine Existenz ist eine unabhängige; doch glücklich? — O nein, Graf Wallenrode, eine Frau ist nie glücklich, wenn sie so vereinzelt, so verlassen wie ich in der Welt dasteht. — Zeit meines Lebens fühlte ich mich einsam und oft verlassen von Gott und Menschen!“

„Und Sie wollen mir weiter Nichts von Ihrer Vergangenheit sagen?“

Helene zögerte einen Moment, dann sprach sie erregt: „Meine Verwandten verstießen mich! Ich stand auf der Straße und wußte kaum wohin mich wenden, — überall war ich fremd, da ich fast nie aus dem Hause gekommen war. Planlos ging ich gerade aus, immer weiter und weiter, erreichte das Ende der Stadt, verließ sie und gelangte an einen Kirchhof. Ich betrat denselben und blieb dort bis es zu dunkeln begann. Hunger und Müdigkeit trieben mich zur Stadt zurück, denn — ich hatte den ganzen Tag zuvor Nichts gegessen, nicht geschlafen. Es war aus Freude geschehen, endlich im Leben auf einen Ball zu kommen. — Nachdem ich die Stadt eine Zeit lang durchwandert, fiel mir ein, daß ich kein Geld hatte. Die mehr und mehr einbrechende Dunkelheit begann mich zu ängstigen und scheu wich ich vor den vielen fremden Menschen zurück. Ich begab mich wieder auf den Kirchhof, dort war es wenigstens still und leer, wenn auch schneidend kalt; — Mitternacht hörte ich es noch schlagen, da überwältigte mich die Müdigkeit und ich nahm Platz auf einem Grabe. Meine einzige Erinnerung war, — als ich mich späterhin auf diese Nacht besann, — daß der Mond hell geschienen und tausend und aber tausend Sterne am tiefblauen Himmelsdom geglänzt. Erst am zweiundzwanzigsten Tage nach dieser Nacht erwachte ich zum ersten Male wieder mit klarem Bewußtsein. Ich befand mich in einem kleinen Zimmer im Hause des Todtengräbers. Dessen Frau war eine ehemalige Bäuerin aus meinem heimathlichen Dorfe; — sie hatte mich wiedererkannt als ihr Mann mich als todt, wie er wähnte, in sein Haus gebracht und sie hatte mich in's Leben zurückgerufen und gepflegt. Sie pflegte mich auch ferner und erwies mir viel Gutes. — Ich war ihr Anfangs nicht sehr dankbar; es wäre mir lieber gewesen, wenn man mich nicht so ausgezeichnet gepflegt und mich statt dessen hätte ruhig sterben lassen. Dem Doctor, der mich während meiner Krankheit behandelte, hatte der Todtengräber auf Bitte seiner Frau nicht gesagt, wo und wie er mich am Morgen nach jener Nacht gefunden, sondern ihm blos berichtet, daß ich eine entfernte Verwandte von ihnen sei und krank in Folge starker Erkältung bei ihnen angekommen wäre. Es war zu meinem Glücke ein stiller einfacher Mann, den außer Krankheit und Tod Nichts interessirte und der sich daher, als ich gesund wurde, durchaus nicht mehr um mich bekümmerte. — In welcher trostlosen Stimmung ich war, wie verzweifelt ich mich fühlte, als ich wieder klar zu denken vermochte und meine traurige Lage mehr in's Auge faßte, vermag ich Ihnen nicht zu schildern. Fast ein Jahr blieb ich im Hause des Todtengräbers und erwarb mir dort durch meiner Hände-Arbeit einige Mittel, um mir die nothwendigste Garderobe anzuschaffen. Dann benutzte ich das Anerbieten der Todtengräberfrau, mich für ihre kürzlich verstorbene Schwester Agnes auszugeben. Ich nahm den Namen des Dorfboten von O. an, dessen Tochter sie war und der mich in frühern bessern Zeiten stets scherzend als sein Kind bezeichnet hatte. Nach langer Bemühung erhielt ich eine Stelle als Lehrerin in der nahegelegenen Stadt W . . . Dort brachte ich drei Jahre in der schrecklichsten Stellung zu, denn die Inhaberin des kleinen Pensionats und der großen Schule war eine geizige, habsüchtige und gemeine Natur. Von des Morgens früh bis Abends spät mußte ich ohne Unterbrechung unterrichten, arbeiten und um geringen Gehalt mich noch dazu oft auf das Schlechteste behandeln lassen. Nie habe ich in diesen drei Jahren mich satt essen können. — Es war der brennendste Wunsch meiner Seele, diesem qualvollen Leben zu entgehen und endlich fand ich nach drei Jahren eine andere Stelle. Ich wurde Gesellschafterin bei einer vornehmen Dame. Leider war sie eine leichtsinnige Frau voll böser Leidenschaften! — — — Ein Jahr und mehrere Monate litt ich bei ihr in anderer, vielleicht eben so schrecklicher Weise. Sie behandelte mich nebenbei oft auch schlecht, ganz als Kammerzofe und Dienstmagd; sie lehrte mich einsehen, daß es noch schlimmere, rücksichtslosere und anspruchsvollere Damen in der großen Welt giebt, wie meine Tante Palmen. Im Hause dieser Gräfin Z. lernte mich eine Dame kennen, die mich der Vorsteherin eines Instituts in der Residenz empfahl, ohne daß ich sie um Protection gebeten. So schrecklich es mir war, in die Residenz zurückzukehren, nahm ich doch das vortheilhafte Anerbieten jener Vorsteherin an. Dort lernte ich Olga Halkonsky kennen und sie schloß sich an mich an. Ich betrachtete sie halb und halb als meinen guten Engel, als sie mich bald einer Stadt entführte, die ich fast haßte. Fünf Jahre lang war ich unter dem Namen Agnes Schubert, zwei Jahre lang unter dem einer Fürstin Halkonsky Krankenpflegerin — sonst Nichts. Wer Kankheit nicht kennt, Graf Wallenrode, der weiß nicht, welche Kette von Angst und Sorge, Gram und Leid, Kummer und Beschwerde sieben Krankheitsjahre enthalten! Es ist ein furchtbares Leben; ewig ist das Herz von den verschiedensten aufregenden Gefühlen zerrissen und nie bietet sich -- weder bei Tag noch bei Nacht — ein Augenblick wahrer Ruhe, wenn man seine Pflichten als Krankenpflegerin streng erfüllen will. Ich weiß nicht, ob ich es gethan; doch hatte ich mindestens stets das Bestreben, zu leisten was in meinen Kräften stand. — Jetzt bin ich vierunddreißig Jahre alt; aber es kommt mir vor als sei ich vierundachtzig! — Man sagt mir, ich könne nun noch mein Leben genießen, es scheint mir unmöglich; denn mein Geist ist geknickt und jeder Funke von Lebensmuth und Lebenshoffnung in meiner Seele erloschen! — Ich fühle mich matt, müde und in mir lebt nur eine Sehnsucht, nämlich die nach Ruhe! — Hoffentlich erreiche ich diesen Frieden bald, denn möglichst schnell enteile ich der Residenz!"

Graf Wallenrode versuchte es, in Helenens Brust wieder andere Gefühle zu erwecken und gelang es ihm auch nicht an jenem Abend, so doch später. Er wurde ihr täglicher Gast und als sie im Frühling die Residenz verließ, war sie nicht mehr Fürstin Halkonsky, sondern Gräfin Wallenrode.

Seit zwölf Jahren sind jetzt Beide verheirathet und glücklich und zufrieden leben sie auf einem schönen Landgute in einer der herrlichsten Gegenden des südlichen Deutschlands. Nicht ein Tag ist in diesen zehn Jahren vergangen, wo Helene nicht mit tiefer

Dankbarkeit jenes Fünfzigthalerscheins gedacht, den ihr der Prediger von O. bei ihrem Eintritt in die Welt geschenkt. Auch ihr Mann segnet noch immer den Augenblick, wo er das Armband gefunden, das dem Finder den Lohn von fünfzig Thalern verhieß, ihm aber als Mittel diente, sich selbst den lang gewünschten Zutritt bei der Fürstin Halkonsky zu verschaffen und ihm statt der verheißenen Belohnung ein Herz eintrug, dessen schöne Seiten sich ihm zuerst durch einen Fünfzigthalerschein offenbart hatten. Er schätzte diesen Edelstein nach seinem vollen Werthe und als ihm vor wenigen Wochen — im Juli des Jahres 1861 — einer seiner Freunde zurief: „Wie glücklich sind Ihre Kinder, lieber Wallenrode, daß sie einst so vermögend sein werden, sie werden sich dadurch die beste Stellung im Leben begründen können, indem man heut zu Tage doch nur mit vielem Gelde Etwas zu erreichen vermag!" — da antwortete der Graf, der einst auch geglaubt hatte, daß, wenn man Geld habe, Alles besitze: „Meine Kinder, bester Freund, sind nur deshalb glücklich zu preisen, daß sie das Herz ihrer Mutter geerbt. Dieses gute Herz ließ sie Thaten begehen, durch die sie sich allein das Glück ihres Lebens und ihre Stellung in der Welt gründete. Dieses Herz hielt sie aufrecht, als die Stürme der Welt sie umtosten und möge ein solches Herz auch stets die Stütze meiner Kinder sein, denn dadurch allein können sie glücklich werden und glücklich machen."

Eine seltsame Huldigung.

Als Friedrich Wilhelm IV., zur Zeit wo er noch Kronprinz war, zum ersten Male die Provinz Westphalen in Begleitung des Oberpräsidenten von Vincke durchreiste, bestrebten sich nicht allein die Einwohner aller größern Städte, dem Thronerben ihre Gesinnungen der Liebe, Treue und Ergebenheit durch festlichen Empfang an den Tag zu legen, sondern auch in kleinern Orten errichtete man Ehrenpforten und ließ weißgekleidete Jungfrauen an den Thoren bereit stehen, um, wenn der Prinz ankam, durch diese den Weg, den er durch das Städtchen nehmen mußte, mit Blumen bestreuen zu lassen. Erfreut und gerührt verließ der junge Königssohn eine Stadt nach der andern, wo man ihm so glänzende Beweise treuester Anhänglichkeit gegeben, und mit tiefer Bewegung reiste er namentlich eines Morgens von Minden ab, nach welchem Orte fast die ganze Bevölkerung der Umgegend gewallfahrtet war, um ihn zu sehen. In dichten Schaaren standen die Bauern und Bäuerinnen der umliegenden Dörfer vor dem Simeonsthore, um dem Thronerben durch lauten Hurrahruf den letzten Scheidegruß darzubringen. Er erscholl als die offene Reisekalesche erschien, in welcher der Prinz an der Seite des allgemein verehrten Oberpräsidenten der Provinz Westphalen saß und freundlich und leutselig winkte auch er dem versammelten Landvolke seinen Abschiedsgruß zu. Nach wenigen Minuten waren die dichten Reihen langsam durchfahren und rasch ging es dann vorwärts auf der einsamen Chaussee. So verödet, wie nun der Weg war, zeigten sich auch alle Dörfer, welche die Reisenden passirten. Nur hier oder da ließ sich ein Greis oder ein altes Mütterchen unter der Thür der an dem Tage verlassenen Bauernhäuser sehen. Wahrscheinlich hatten deren Kräfte zu keiner Fahrt oder einem Gange nach Minden ausgereicht.

Die Reisenden näherten sich dem Dorfe Nettelstedt. Es schien ausgestorben zu sein, wie die andern und keine menschliche Seele war auf dem weißen Kiespfade der Chaussee zu erblicken, auf den die Sonne ihre brennenden Strahlen niedersandte und den an der Strecke kein Baum beschattete. Die drückende Mittagsgluth hatte die Pferde zu einem gemäßigten Tempo veranlaßt und langsam bewegte sich der Wagen weiter. Weder der Kronprinz, noch der Oberpräsident schienen die Zögerung zu bemerken, sie waren in ein sie Beide auf gleiche lebhafte Weise interessirendes Gespräch über die Communication auf der Weser verwickelt. Da plötzlich unterbrach der Ton eines alten verstimmten Claviers und der Gesang: „Heil Dir im Siegerkranz! Herrscher des Vaterlands, Heil Kronprinz Dir!“ — die Rede des Prinzen.

Der Wagen hielt in demselben Moment, denn Erstaunen über solch seltsame Huldigung ließ selbst den Postillon sein Amt vergessen! — Der Kronprinz wandte sich lebhaft um — gewahrte in der Tiefe des Chausseegrabens einen jungen Mann im schwarzen Frack und weißer Halsbinde. Dieser stand mit krummen Knien vor einem alten Instrumente, auf das er kräftig schlug, um dessen mitunter den Ton versagenden Tasten die Melodie der preußischen Volkshymne zu entlocken. Sein jugendliches, wenn auch unschönes Gesicht, auf das der helle Sonnenstrahl fiel, leuchtete von Freude und Erregung, und als er bemerkte, daß der Blick des Kronprinzen auf ihm ruhte, sang er mit doppelter Begeisterung den von ihm veränderten Refrain: „Heil Kronprinz Dir!“

Kaum hatte der Blick des jungen Königssohnes das Bild der ihm dargebrachten außergewöhnlichen Huldigung getroffen, als auch schon die ganze Komik desselben auf seinen, für dergleichen Dinge so äußerst empfänglichen Charakter zu wirken begann. Er lachte heiter, rief dem Oberpräsidenten lebhaft zu: „O sehen Sie, sehen Sie diese Figur im Chausseegraben!“ lehnte sich, herzlich lachend, in den Fond zurück, damit Herr von Vincke den Anblick genießen konnte und sprang dann mit den Worten aus dem Wagen: „Nein, diese Scene ist das Originellste, was ich je im Leben gesehen!“ Er eilte zu dem jungen Manne, der unbekümmert in freudiger Erregung weiter sang:

Fühl' in des Thrones Glanz
Die hohe Wonne ganz,
Liebling des Volks zu sein,
Heil, Kronprinz, Dir!

Als er diese letzten Worte gesungen und mit laut schrillendem Accorde beschlossen hatte, stand der Kronprinz vor ihm.

„Ich danke Ihnen, mein Herr, danke Ihnen herzlich für die Freude und Ueberraschung, die Sie mir bereitet haben!“ sagte der Prinz mit dem Tone jener herzgewinnenden Freundlichkeit, die ihm von Jugend auf eigenthümlich war. Der junge Mann neigte demüthig sein Haupt in ehrerbietigem Gruße und entgegnete betrübt: „Ach, königliche Hoheit, es sollte noch viel hübscher werden! Die Schulkinder sollten accompagniren; doch die Eltern nahmen sie mit nach Minden und ich blieb allein.“

„Betrüben Sie sich nicht darüber. Es war so, wie es war, jedenfalls am hübschesten.“

Ein schelmisches Lächeln überflog bei diesen tröstenden Worten das Gesicht des Kronprinzen; aber er verbannte es, als das treue klare Auge des jungen Mannes sich zu ihm erhob und er mit zitternder Stimme flüsterte: „Wie glücklich macht mich Ew. königlichen Hoheit gnädige Anerkennung meines so schwachen Versuches, die tiefempfundenen Gefühle meines Herzens ausdrücken zu wollen.“

„Der Versuch war der glücklichste, den Sie machen konnten und er wird mir unvergeßlich bleiben! — Nicht wahr, Sie sind Schullehrer des Dorfes?“

„Ja, königliche Hoheit.“

Der Prinz reichte dem beseligten Lehrer die Hand und während er davon fuhr, küßte dieser unter Thränen sein altes Instrument.

Das heitere Lachen des Thronerben, das in der nächsten Stunde zu wiederholten Malen die Unterredung über die Wesercommunication abschnitt, bewies dem Oberpräsidenten deutlich, daß sein hoher Reisegefährte noch fortgesetzt durch die originelle Huldigung belustigt wurde. Doch nicht allein zu der Zeit dachte der Kronprinz an den Sänger im Chausseegraben, sondern beim festlichen Empfange in Münster, bei den großartigen Feierlichkeiten in Paderborn flüsterte er dem Freiherrn von Vincke oftmals lächelnd zu: „Was ist das Alles gegen meinen Nettelstedter Schulmeister!“

An diesen Schulmeister, der den Kronprinzen so viel Vergnügen gemacht, gedachte selbst noch der König nach langen langen Jahren! — Als die Krone sein Haupt schmückte, reiste Friedrich Wilhelm IV. wieder durch Westphalens blühendes Land und so wie er in die Nähe von Minden kam, rief er dem Oberpräsidenten nachdenklich zu: „Lieber Vincke, war es nicht in der Nähe dieser Stadt, wo mir einst eine so seltsame Huldigung von einem Schulmeister zu Theil wurde?"

Der Oberpräsident bejahte die Frage; und er war es, der kurze Zeit darauf dem nun altgewordenen Schulmeister im Namen des Königs eine goldene Dose mit dessen Portrait übersandte, die Jenen an eine längst vergangene, aber unvergeßliche Stunde seines Lebens mahnte und welche Dose er nie ohne Thränen der Rührung Denjenigen zeigte, die von seiner seltsamen Huldigung Etwas erfahren hatten und ihn aufsuchten, um die kleine Scene von ihm selbst beschrieben zu hören.

Kloster Marienthal.

Bereits im Jahre 1855, als ich in den Zeitungen las, daß die Leiche der in Mexiko am siebenzehnten Juni 1854 verstorbenen Gräfin Rossi, gebornen Henriette Sontag, nach Europa geschafft und in dem Kloster Marienthal beigesetzt worden sei, wo ihre einzige Schwester als Nonne lebt, hegte ich den Wunsch, diesen stillen Ruheplatz der berühmten, einst so gefeierten Sängerin kennen zu lernen. Zu jener Zeit dem Kloster Marienthal, das zwei Meilen von Görlitz liegt, zu fern, brachte erst der Herbst 1859, als ich auf einem nur wenige Stunden von Görlitz entfernten Gute zum Besuch war, die Erfüllung meines damaligen Wunsches.

In Begleitung einer ebenso muntern, wie geistvollen Reisegefährtin trat ich in der Frühe eines klaren Octobermorgens die Fahrt nach Marienthal an. Daß diese Reisegefährtin eine Verwandte meines alten Lieblings, des Feldmarschall „Vorwärts“

war, wußte ich; doch daß das Blücher'sche Blut so vorherrschend in ihren Adern sei, wie ich fand, hatte ich nicht gefürchtet. Wie ihr kühner Verwandter in der Schlacht mit Todesverachtung vorwärts eilte, so Fräulein Thekla auf dieser Reise! — — Ich hatte gehofft, in Görlitz jene berühmte Wallfahrtsstätte früherer Zeiten, die von dem Bürgermeister Georg Emmerich im Jahre 1480 nach einem genauen Grundrisse des heiligen Grabes zu Jerusalem angelegte Nachbildung besuchen zu können; doch — ich sah dieses Görlitzer heilige Grab ebenso wenig, wie die andere in der Stadt berühmte Ruhestätte des durch seine theosophisch-theologischen Schriften bekannt gewordenen Jakob Böhme. Die Parole des Tages lautete bei meiner Reisegefährtin nur auf „Marienthal", und dahin eilten wir ohne Rast vorwärts, vorbei an der so wundersam geformten hohen Landskrone bei Görlitz, auf deren höchster Spitze noch der letzte Wartthurm von der einst so stolzen Burg der Herren von Uechtritz emporragt; — vorbei an jenem altaristokratischen Fräuleinstift „Radmeritz", dessen schönes Portal und stattliche Fronte ich nur durch die Gruppen der alten mächtigen Linden schimmern sah, die das schöne schloßähnliche

Gebäude umgeben. Von Radmeritz, dem Grenzorte Preußens und Sachsens, fuhren wir über Ostritz nach Marienthal. Der Weg ist hübsch und anmuthig, die Gegend überaus freundlich, doch wenig belebt. Je tiefer man in das von Bergen eng umschlossene, reizende Neißethal eindringt, in dem das Cistercienserkloster St. Marienthal liegt, desto stiller und einsamer wird es rings umher. Wir sahen auf der ganzen letzten Strecke nach Ostritz weder einen Menschen, noch ein anderes lebendes Wesen; wir vernahmen kein anderes Geräusch, als das Rollen unseres eigenen Wagens. Vergeblich lauschte ich dem Tone eines Vogels; vergeblich wünschte ich, um wenigstens etwas Leben und Bewegung zu haben, daß ein Windstoß die dunkeln, düstern, tannenbewaldeten Berge durchrauschen oder das goldige Laub von den schlanken Birken schütteln möchte, deren weiße Stämme hie und da zu Seiten des Weges von dem grünen Rasen aufstiegen. Es sang und pfiff aber kein Vogel, es rauschte und regte sich nirgends ein Blatt. Am weiten Horizont zog keine Wolke, sondern licht, rein und klar wölbte sich der blaue Aether über dem einsamen, todtenstillen Thale. Die Natur stand im passendsten Einklang mit der friedlichen Lage des Klosters, dessen Mauern wir erst sahen, als wir an der Thür der Klosterschenke ausstiegen, welche fast dicht an die Klosterpforte stößt.

Marienthal — Mariae vallis — eins der wenigen noch übrig gebliebenen Denkmale mittelalterlicher Frömmigkeit, liegt, genau bezeichnet, im königlich sächsischen Markgrafenthume Oberlausitz, am linken Flußufer der Neiße, die das Kloster im Süden und Osten umfließt. Von drei Seiten wird es dicht und enge von Bergen umschlossen, und malerischer und hübscher, aber zugleich abgeschiedener und einsamer kann so leicht kein Kloster liegen. Es macht einen friedlichen, tief poetischen, jedoch grenzenlos melancholischen Eindruck.

Gestiftet wurde das Kloster im Jahre 1234 durch die Königin Kunigunde von Böhmen, Tochter des römisch-deutschen Königs Philipp von Schwaben. Sie war dem Pfalzgrafen Otto von Wittelsbach durch ihren Vater verlobt worden, zum Lohn und Dank für viele wichtige Dienste, die Jener ihm geleistet; doch als sich König Philipp eine vortheilhaftere Stellung eröffnete, brach er sein gegebenes Wort und vermählte 1206 seine Tochter dem Böhmenfürsten Wenceslaus, Sohn des Königs Prczimlaus Ottokar.

Der verschmähte Pfalzgraf rächte sich an dem wortbrüchigen Könige. Zwei Jahre später ermordete er ihn in Bamberg, und seine Tochter Kunigunde hielt sich der Sitte jener Zeit gemäß verpflichtet, dieser blutigen That ein Sühnopfer zu bringen. Sie errichtete das Kloster Marienthal. Durch die Hussitten ist Marienthal im Jahre 1424 und 1427 verwüstet und zuletzt gänzlich niedergebrannt worden; erst 1452 soll es neu aus Schutt und Asche erstanden sein.

Von der damaligen Aebtissin des Klosters hat sich eine Sage bis auf die Jetztzeit erhalten: „Als die Hussiten Zittau belagerten, die umliegenden Ortschaften plünderten und Marienthal zu verschiedenen Malen brandschatzten, flohen die Nonnen aus dem Kloster und begaben sich theils nach Görlitz, theils nach andern befestigten Städten. Keine der Nonnen verließ aber Marienthal, ohne nicht die Aebtissin, Anna von Gersdorf, inständig zu bitten: nicht im Kloster zu bleiben. Diese besaß jedoch ebensoviel Muth wie unerschütterliches Gottvertrauen, fest erklärte sie: „auf dem Platze, wohin Gott sie gestellt, ausharren zu wollen, weil es ihre Pflicht sei.“ So blieb sie denn mit einigen alten Dienerinnen und dem Pförtner allein in Marienthal, verwaltete die kirchliche Pfründe und gab den ungestümen Hussiten bei ihren Forderungen nur so viel nach, wie sie glaubte bewilligen zu dürfen. Eine Zeit lang imponirte ihr Muth, ihre Energie selbst diesen wilden Kriegshorden, doch später reizte es deren Zorn, daß ein Weib ihnen Widerstand leistete. Sie belagerten Marienthal, erstürmten es und wollten nun Rache an der Aebtissin nehmen. Anna von Gersdorf blieb kein anderes Rettungsmittel, als durch das niedere Flußbett der Neiße in das tiefe Dunkel der nahgelegenen Berge zu flüchten, die dichte Waldungen bedeckten — jeder andere Weg, aus dem Kloster zu entkommen, war ihr durch die Hussiten abgeschnitten. Glücklich entrann sie der wilden Rotte, die, sie suchend, die stillen Zellen des Klosters durchstreifte, glücklich erreichte sie den Saum des Waldes — da entdeckte einer der ausgestellten Posten die Fliehende. Mit lautem Geschrei setzte er der kühnen Frau nach und während vieler Stunden verfolgte er sie in den Bergen. Ihre Kräfte verließen sie endlich, — sie hielt in ihrer Flucht inne, empfahl ihre Seele Gott, wandte sich nach ihrem unermüdlichen Verfolger um und erwartete voll Ergebung ihr Geschick.

Der Hussit stieß bei dem Anblick ihrer Erschöpfung ein wildes Freudengeschrei aus, stürzte auf seine Beute, stand dann aber plötzlich wie durch Zauberbann gefesselt, als er in das fromme schöne Antlitz der Aebtissin sah, die ihr Auge gen Himmel erhoben. Sie schien ihm von himmlischer Glorie umstrahlt, schien ihm ein überirdisches Wesen zu sein! — er fiel vor ihr auf die Knie, schaute verzückt zu ihr empor und neigte dann mit leisem Schmerzensschrei sein Haupt. Anna von Gersdorf beugte sich zu ihm nieder und fragte mild, was ihm geschehen; — er sah auf, ein paar erblindete Augen starrten sie an! — — —

Diese wunderbare Rettung ist im Bibliotheksaale des Marienthaler Klosters durch ein schönes Gemälde verewigt.

Von den übrigen siebenundvierzig Aebtissinnen, die seit Gründung des Klosters bis auf die Jetztzeit — seit länger als 600 Jahren also — in Marienthal gelebt und gewirkt haben, erzählt man sich kein solches oder ähnliches Lebensereigniß, wie das der Agnes von Gersdorf geschehene Wunder; ihre Tage scheinen still und friedlich, wenn auch vielleicht nicht immer froh und glücklich verflossen zu sein.

Daß das Kloster ein sehr reiches, zeigt sich sofort beim ersten Anblick; Alles ist so wohl erhalten und geordnet und der sich dem Auge darbietende Häusercomplex macht einen überaus großartigen Eindruck.

Der Klosterhof ist von Mauern umschlossen, mit großen Rasenplätzen bedeckt, auf welchen einzelne Kugelakazien und wenige kleinere Gebüsche stehen. Ein Brunnen mit hoher Säule, der oben eine vergoldete Gestalt trägt, befindet sich in der Mitte des Hofes. Das leise Plätschern eines in das Bassin fallenden Wasserstrahls und das Klappern eines Mühlrades überbieten sich an eintönigem Geräusch. Außer einigen zerlumpten Bettlern zeigte sich kein lebendes Wesen auf dem großen freien Platze. Hell und glänzend beschien die Sonne Rasen und Bäume; ihre lichten Strahlen tanzten glitzernd auf dem sanft bewegten Wasserspiegel des Bassins und umleuchteten zum Theil freundlich die hellgrauen Mauern des Klosters und die weißgetünchten Wände der Gebäude.

Die stattlichen Gebäude des Klosters bestehen aus dem eigentlichen Kloster mit zwei Flügeln, der Wohnung der Aebtissin, der schönen Kirche mit Thurm, der Wohnung des Propstes und den großen weitläufigen Wirthschaftsgebäuden, die sich im länglichen Halbrund um das Kloster ziehen. Die Kapelle am linken Flügel des Klosters, Kreuzkapelle genannt, enthält die Gruft, in der Henriette Sontag beigesetzt ist.

Machen die Baulichkeiten des Klosters schon vom Hofe aus gesehen einen großartigen Eindruck, so wird derselbe noch um ein Bedeutendes erhöht, wenn man von dem dicht an der Klostermauer aufsteigenden Stations- oder Calvarienberg auf Marienthal hinabblickt. Von da aus gesehen, zeigt sich das Kloster in seiner ganzen weiten Ausdehnung; dort werden all die Gebäude sichtbar, welche unten im Thale durch die Klostermauer verdeckt werden. Vom Calvarienberge aus zeigen sich auch die Marienthal umschließenden Berge in ihrer ganzen Schönheit. Man hat da nicht allein eine volle Ansicht des im tiefen Thale unendlich poetisch liegenden Klosters, sondern man sieht hinaus über die dunkle romantische Bergschlucht mit der sie durchströmenden Neiße, weit hinab in die flache Ebene, hin zu der im blauen Aether verschwimmenden Ferne.

Marienthal vervollständigt auf diesem mit den herrlichsten Bäumen bepflanzten Calvarienberge den Eindruck, den man auf der Fahrt dahin empfängt. Es bietet ein Bild des tiefsten heiligsten Friedens, einer Ruhe und Abgeschlossenheit, wie man sie vielleicht an wenig Orten der Erde in erhöhterem Maaße finden kann — aber zugleich ein Bild so tiefer, so grenzenloser Melancholie, wie ich es noch in meinem Leben nicht durch die Natur empfangen habe. — Es liegt dort in Allem die namenloseste Trauer, die unaussprechlichste Wehmuth, und das auf der Rheininsel so einsam gelegne, von Fels und Berg umschlossene, von Wellen rings umrauschte Kloster Nonnenwerth, es scheint mir gegen Marienthal ein Sitz heiterer Freude, lachender Lust zu sein!

An dieser stillen, von der Welt abgeschiedenen Stätte begraben zu sein, ist der Wunsch der Gräfin Rossi gewesen — und er ist ihr erfüllt!

Sie ruht in der Gruft der Kreuzkapelle, die klein und etwas düster ist. Das Hauptlicht dringt durch die außerordentlich schön gearbeitete Eingangsthüre von Gußeisen ein, die sich zur linken Seite der Kapelle zeigt. Die an der rechten Wand der Kapelle befindliche Thüre, wie auch die Fenster, sind dem Lichte und der Luft unzugänglich. Im Innern der Kapelle befindet sich an dieser rechten Seite ein Altar. Ueber ihm erhebt sich ein mächtiges, von großer goldener Sonne umgebenes Kreuz. Zu beiden Seiten tiefe Nischen mit lebensgroßen Statuen; die Eine, in Nonnentracht, schaut mit selig verklärtem Antlitz zum Himmel auf, die Andere, in weltlichem Gewande, ringt mit Geberden der Trauer und Verzweiflung die Hände. Beide Statuen geben auf vortreffliche Weise ihren innern Seelenzustand zu erkennen, und es ist, als erzählten sie dem Beschauer in gedrängter Kürze ihre friedlichen und stürmischen Lebensschicksale.

Dem Altar gegenüber ist der Eingang in die Kapelle vom Kloster aus; er führt in die Sakristei, und dort sah es wüst und schauerlich aus. Ueber der Sakristei ist eine vergitterte Loge, die wiederum mit den obern Räumen des Klosters in Verbindung steht. Von dieser Lage aus hat die Nonne Juliane, einstmalige Nina Sontag, die Beisetzung ihrer Schwester in die Gruft mit ansehen dürfen.

Die Beisetzung hat am vierten Mai 1855 stattgefunden, nachdem es endlich den Freunden des Grafen Rossi in Mexiko gelungen, den Sarg mit der Leiche einer an der Cholera Verstorbenen an Bord eines Schiffes zu schmuggeln.

Welche Schwierigkeiten es gemacht, des Grafen Rossi Wunsch zu erfüllen, die Ueberreste seiner Frau in deutscher Erde begraben zu sehen, — das mag man wohl ermessen, wenn man bedenkt, wie abergläubisch alle Schiffer sind, wenn sie eine Leiche an Bord haben, die, wie sie fürchten, Verderben auf sie herabzieht. Nun noch gar die Leiche einer an der Cholera Gestorbenen, vor welcher Krankheit man jenseits des Meeres eine noch größere Furcht empfindet, als in Europa! Die Schwierigkeiten wurden endlich überwunden. Im stillen Kloster fand Henriette Sontag die letzte Ruhestatt, und im Beisein der ihr theuersten Personen auf Erden verschwand der Sarg, der ihre sterbliche Hülle barg, in dem Dunkel des Propstgewölbes in Marienthal.

Der Sarg von Henriette Sontag, welcher den Bleisarg umschließt, in dem sie nach ihrem Ableben in Mexiko gebettet worden, — ist außerordentlich schön. Auf dem Deckel liegt zu Häupten ein Kreuz mit der Gestalt des Erlösers, tiefer unten über einer Tafel mit Inschrift ein goldener Lorbeerkranz.

Die Inschrift lautet:

Hier ruhet in Gott
Henriette Sontag,
vermählte Gräfin Rossi.
Geboren zu Coblenz, den 3. Januar 1806.
Gestorben zu Mexiko, den 17. Juni 1854.
R. I. P.

Dir war das reinste Erdenglück beschieden,
Kunst, Anmuth, Liebe wanden Dir den Kranz.
Nun ruhest Du in Gottes heil'gem Frieden,
Umstrahlet von des Paradieses Glanz.
Für Deine Lieben hast Du Dich dem Tod geweiht.
Des Lebens Kron' ist Dein, Dein ew'ge Seligkeit.

Zu den Füßen des Sarges ist am Deckel in erhabener Arbeit das gräflich Rossi'sche Wappen angebracht und unter demselben, etwas tiefer, eine goldene, von Lorbeerzweigen umgebene Lyra. Der Sarg selbst trägt außer den christlichen auf den Tod bezüglichen Emblemen, noch einige auf der Künstlerin Ruhm, dann eine Inschrift, welche auf das liebenswürdige, engelhafte Wesen, das in ihm ruht,

16*

wohl nicht leicht besser hätte gewählt werden können. Sie lautet:

„Wenn ich mit Menschen- und mit Engelzungen redete und hätte der Liebe nicht, so wär' ich ein tönend Erz. Die Liebe hört nimmer auf."

Den goldenen Lorbeerkranz, den der Großherzog Georg von Mecklenburg-Strelitz auf das Grab von Henriette Sontag gesandt, haben die Worte begleitet:

Der besten Gattin und Mutter,
Der treuesten Freundin,
Der schönsten und liebenswürdigsten Frau,
Der größten Sängerin.

Mit einem seltsamen Gefühle schaut man auf diese einsame Ruhestätte jener von Tausenden so hoch gefeierten Künstlerin, die von frühester Jugend auf das bewegteste Leben geführt, Städte und Länder durchzogen und zuletzt jenseits des Meeres im fernen, fremden Lande starb, nachdem noch einmal die wundersamen Laute ihrer Stimme in zwei Welten erklungen waren, sie noch einmal im Tempel des Ruhmes sich unverwelkliche Lorbeeren gepflückt hatte.

Ein günstiges Geschick hat sie immer begleitet, ein seltenes Geschick ist ihr dadurch im Leben und Tode zu Theil geworden, daß sie stets ein geliebtes, theures Wesen zur Seite hatte. In ihrer frühsten Jugend war das sie schützende und leitende Wesen ihre Mutter, dann wandelte sie weiter an der Hand der Liebe und Treue, starb selbst im Arm des Gatten und im Tode ruht sie nun unter dem sie bewachenden Auge der einzigen Schwester, die vermöge ihres Gelübdes nie die stille Friedensstatt des Marienthaler Klosters verläßt.

Eine poetischere, friedlichere Grabstätte, in Bezug zur Lage des Ortes, kann man schwerlich finden. Des Klosters Lage läßt nichts zu wünschen übrig, — der Begräbnißplatz von Henriette Sontag — nach meinem Gefühle — Vieles! Ich kann nicht sagen, daß mir die Gruft in der Kreuzkapelle einen angenehmen oder wohlthuenden Eindruck gemacht hätte. Der Ort hat etwas zu Düsteres — nichts feierlich Erhebendes. Vielleicht muß man, um dieses Gefühl dort zu empfinden, Katholikin sein oder eine Vorliebe für Beisetzung in Grabgewölben haben. Ich bin nicht Katholikin, und eine Todtengruft ist mir etwas Entsetzliches! — Auf mich machte also die hölzerne, mit Eisengriffen versehene Doppelthüre am Fußboden der Kreuzkapelle einen unangenehmen Eindruck. Das verlassene, verödete Aussehen der Kapelle, die bestäubten Betstühle, die verblichenen Altardecken, die welken Blumen, vor Allem die Luft, der Mangel an Licht erhöhten diesen Eindruck.

Wie schön ist dagegen ein grüner Rasenhügel unter Gottes freiem Himmel, den die frische Luft umweht, die Sonne bescheint und auf den Mond und Sterne herableuchten!

Während ich, die Grabstätte von Henriette Sontag zeichnend, auf dem Klosterhofe saß, Sonnenschein, Berge, Bäume, Rasen und Häuser umleuchtete, und ich die reine Herbstluft einathmete: da erschien mir die düstere Todtengruft doppelt schauerlich, doppelt unangenehm. — Immer mußte ich denken, warum man Henriette Sontag, die so froh und heiter gewesen, die so leicht und glücklich durch's dunkle Leben gegangen, nicht ein Grab unter Gottes freiem Himmel gegeben! — Ihre Erscheinung soll licht und sonnig, wie der junge Tag gewesen sein, — ihre Stimme den schmelzend weichen Klang der Nachtigall mit dem klaren reinen Jubellaut der

Lerche auf wunderbar schöne Weise vereinigt haben! — Warum begrub man sie also wohl nicht, wo der erste Lichtstrahl des Tages ihr Grab küssen konnte, wo Nachtigall und Lerche, denen sie Klang und Ton abgelauscht hatte, über ihrem Grabe ihr Lied erschallen lassen konnten? — — —

Meine Fragen müssen verstummen, wenn ich daran denke, daß die eigenen Verwandten diese Ruhestatt ausgewählt haben, und meine Trauer, das lebensfrohe Wesen in dem düstern Gewölbe zu wissen, verwandelt sich in Wehmuth, wenn ich daran denke, daß die strengen Ordensregeln die Nonnen fest an's Kloster binden und ihnen nie einen alleinigen Spaziergang in Gottes freier Natur erlauben. Allein in der Loge der Kreuzkapelle darf aber wohl eine Nonne gehn, und somit kann Nina Sontag ungestört das Grab der Schwester besuchen. Für sie wird sich gewiß die düstere Stätte des Todes mit dem sonnighellen Lichte der Erinnerung umgeben und aus dem tiefen Schatten des Gewölbes eine so freundliche Gestalt aufsteigen, daß sie über diese, die finstere Schattenseite der Umgebung vergißt.

Welche Vorliebe Henriette Sontag selbst für das

Marienthaler Kloster gehabt, beweisen am besten ihre Besuche, die sie dort zu verschiedenen Zeiten ihres Lebens gemacht. So oft sie konnte, entriß sie sich dem Trouble der großen Welt, dem stets vielfach an sie Anspruch machenden Leben, um in dieses stille, einsame Thal zu eilen. Freudig verließ sie Ehre, Glanz, Ruhm, das in der Welt ihr Theil war, gern brachte sie Glück, Freude, irdische Seligkeit zum Opfer, das sie im häuslichen Kreise aufgab, um einige Zeit im Kloster zu verleben. Dort harrte ihrer nie eine laute jubelnde Menge, dort erwartete sie kein Lorbeerkranz, keine Huldigung! Da fand sie von all den Herzen, die warm für sie schlugen, nur eins, das ihrer einzigen Schwester! — Was muß das Herz ihr gewesen sein, daß sie es zu Zeiten für Alles hingab! — Sie, die so Vieles besaß, die Alles hatte, was das Leben reich, schön und werthvoll macht, sie vermißte dennoch unter all den Gaben, mit denen das Glück sie überschüttet, jenes eine Herz, das sich Gott geweiht und dem Himmel ergeben. Darum eilte denn die in der Welt so hoch geachtete Dame, die von ihrem Gatten und Kindern geliebte Frau, die von Allen gefeierte Künstlerin fort aus der lichten glänzenden Sphäre ihres Lebens, hin in die engen Mauern eines abgeschiedenen Klosters.

Dort war sie weder die Frau des Gesandten, noch die berühmte Künstlerin, sondern einzig und allein Schwester, Schwester der Nonne! In stiller Zelle sang sie mit dieser geliebten Schwester die Lieder, die sie einst als fröhliche harmlose Kinder im Hause der Eltern gesungen; dort sangen sie zusammen die Duette, die sie einst vereint auf der Bühne gesungen, und dort besprachen sie auch die Ereignisse ihres Lebens, den Gang ihrer Laufbahn, die Wendungen ihres Geschickes, — ihre Wünsche und Hoffnungen für die Zukunft.

Verschieden sind die Geschicke der Menschen, verschieden waren es die der Schwestern Sontag, wie auch stets ihre Neigungen und Ansichten verschieden gewesen sind. — Henriette Sontag hing mit ganzer Seele an Leben, Welt und Bühne, froh und freudig erfüllte sie die Pflichten ihres Berufes, ihre Laufbahn war eine helle, rosige, und Kränze des Ruhmes wurden ihr gewunden, wo ihre Stimme erklang, die Herzen flogen ihr entgegen, wo ihre liebliche Erscheinung sich zeigte. Aus der Bahn ihres Ruhmes zog sie im Zenith ihres Glanzes sich zurück, wählte den Pfad der Liebe, und das Glück blieb auch dort ihr Begleiter! — Nina Sontag sehnte sich dagegen immer fort aus dem Leben der Bühne und dem Geräusche der Welt. Ihr Ziel war ein ernstes, — für sie entfaltete die Welt umsonst ihre heitern Reize, und ihr Herz fand erst Befriedigung, als der Nonnenschleier ihre Gestalt umhüllte und ihre Seele die göttliche Weihe empfangen hatte.

Wohl den Menschen, die ihr Ziel auf Erden erreichen und mit der Wendung ihres Geschickes zufrieden sind! — Beide Schwestern Sontag waren zufrieden. Liefen auch in ihrer frühesten Jugend ihre Wünsche nach entgegengesetzten Richtungen, — in der Liebe zu einander begegneten sich ihre Herzen immer; — mochten auch in spätern Jahren ihre Wünsche und Hoffnungen ein verschiedenes Ziel haben, sie einigten sich in dem einen Wunsche, in der einen Hoffnung, eine vereinigte Ruhestätte in Marienthal zu haben.

Für die Erfüllung dieses Wunsches wirkte Gräfin Rossi durch ihre Liebenswürdigkeit. Sie entzückte und bezauberte die Nonnen im Kloster ebenso, wie sie es in der Welt mit allen Menschen gethan.

Sie sang sich in die frommen Herzen, wie in die weltlichen. Nicht allein standen die Nonnen lauschend in den Gängen des Klosters, wenn die zauberisch schönen Stimmen der Schwestern in der kleinen Zelle erklangen, sondern sie hörten sie auch in dem großen Saale singen, wo die Aebtissin musikalische Abende arrangirt hatte und Gräfin Rossi bereitwillig sang, was man zu hören verlangte.

Zu jener Zeit ahnte Gräfin Rossi wohl nicht, daß sie noch einmal wieder aus dem stillen Kreise des häuslichen Lebens heraus und in die Oeffentlichkeit treten würde. Im Jahre 1849 geschah, was sie und Niemand geahnt und geglaubt hatte! — Ihren Kindern zur Liebe brachte sie das Opfer; um sich und ihrem Mann ein sorgenfreies Alter zu verschaffen, betrat sie von Neuem die Bühne, die ihr ein Vermögen in Aussicht stellte, das sie verloren.

Vor ihrer Reise nach Amerika 1852 war Gräfin Rossi zum letzten Male in Marienthal. Da hörten die Nonnen auch das letzte Mal den schönen Gesang der beiden Schwestern. Am Schlusse des Duetts aus der Norma sagte die Gräfin zu der Nonne, die so wunderbar schön gesungen hatte, daß nicht allein die Schwester, sondern Alle bezaubert waren: „Wenn Du mir doch Deine wundervolle Stimme geben könntest, Nina!“ Die von der Nonne gegebene Antwort lautete: „Wie gern thäte ich es, da Du etwas aus ihr machen könntest, was mir nie gelungen ist!“

Der Grund, daß Nina Sontag mit ihrer schönen Stimme keinen der Erfolge erzielt hat, wie ihre Schwester, soll ihre nicht zu besiegende Befangenheit und Aengstlichkeit gewesen sein — ihre Unlust zum Bühnenleben! — Jetzt, wo sie ihre Stimme nur zur Ehre Gottes, zum Lobe des Höchsten erhebt, ist jede Spur von Scheu und Angst von ihr gewichen. Der wahrhaft himmlische Klang ihrer Stimme entzückt jetzt noch oft die Hörer. Athemlos lauschend soll stets beim Gesange der Nonnen in der Kirche die Menge dasitzen, und Viele glauben, wenn sie die Töne von Schwester Julianens Stimme vernehmen, daß ein Engel auf dem Chore singe und sein Lied mit dem der frommen Nonnen vereine.

Auch ohne die Stimme der Schwester mit in die Ferne zu nehmen, errang sich Gräfin Rossi, als sie nach beinahe zwanzigjähriger Pause abermals die Bühne betreten, Triumphe, wie sie sie in gleicher Weise als Henriette Sontag gefeiert hatte.

Mit dem Vorsatze, jedem ihrer vier Kinder ein Vermögen von 100,000 Thalern, und für sich und ihrem Gemahl die Summe einer halben Million zu ersingen, soll sie zum zweiten Male öffentlich aufgetreten sein. Die unerhörten Anerbietungen der Londoner Direction der italienischen Oper haben diesen Entschluß in ihr erregt.

Nachdem sie 1849 in London, später in Paris, dann außer in Wien und Berlin in allen Hauptstädten Deutschlands mit dem größten Erfolge gesungen, schiffte sie sich, um die sich gestellte Aufgabe zu lösen, am fünfundzwanzigsten August 1852 in Begleitung ihres Gatten nach Amerika ein. Die Aufnahme, welche sie dort fand, ließ den glühenden Enthusiasmus der Europäer noch hinter sich zurück. — Man empfing sie bei ihrer Landung in New-York wie eine Fürstin, und jede mögliche Huldigung wurde der talentvollen deutschen Künstlerin von den Amerikanern zu Theil.

Sie trat außer in New-York in Philadelphia, Boston und mehreren andern bedeutenden Städten Amerika's auf. Im April 1854 kam sie nach Mexiko, wo sie den Beschluß ihrer theatralischen Laufbahn machen wollte. Im Sommer beabsichtigte sie zu ihren Kindern zurückzukehren, die sie in Europa zurückgelassen hatte. Der Tod setzte dort im fernen Lande ihren Plänen, Wünschen und Erwartungen ein Ziel. Während ihrer Anwesenheit in Mexiko gestaltete sich die Cholera, die seit 1850 dort von Zeit zu Zeit epidemisch wüthete, furchtbarer, als sie seit lange gewesen. Sie forderte viele Opfer und ergriff am elften Juni auch die Gräfin Rossi, die Tags zuvor noch blühend und gesund gewesen und in der Probe zur Lucretia Borgia gesungen hatte. Schon am siebenzehnten starb sie in den Armen ihres verzweifelnden Gatten.

Am Tage nach dem Tode der Gräfin Rossi erschienen in Mexiko sämmtliche Zeitungen mit einem Trauerrande, und der „Heraldo" brachte eine Vignette, die einen weinenden Engel darstellte, der ein Grabkreuz mit einem Lorbeerkranze schmückte. Die Todesanzeige war in spanischer Sprache abgefaßt, und zugleich versuchten einige Worte den Schmerz zu schildern, den man allgemein über den Verlust der berühmten Künstlerin empfand.

Von der Art und Weise, wie Gräfin Rossi im

fernen Lande verehrt und betrauert worden ist, giebt folgender Artikel aus einer mexikanischen Zeitung Zeugniß:

„Mit Thränen im Auge und Trauer im Herzen schreiben wir unsern zweiten und letzten Bericht über die von zwei Welten bewunderte Künstlerin, die wie ein glänzendes Meteor am europäischen Himmel aufging, dort Jahre lang als Stern erster Größe leuchtete und noch in vollem Glanz sich gegen Abend wendend, am tropischen Himmel Amerika's entschwand. Henriette Sontag, Gräfin Rossi, die unvergeßliche große Künstlerin, die anspruchslose liebenswürdige Frau, die, wo sie sich nur zeigte, Alles durch den Zauber der Kunst und ihrer Persönlichkeit beherrschte, schläft den tiefen Schlaf des Todes. Mexiko, der letzte Schauplatz ihrer Triumphe, ward ihr Grab. Uns fehlen die Worte, die Bestürzung, den Schmerz und die tiefe Trauer zu schildern, welche die ganze Bevölkerung ohne Ausnahme an den Tag gelegt; in allen Familien fließen Thränen, als ob jede eine ihr theure Verwandte verloren. Wo zwei Welten trauern, scheint uns jeder Trost unmöglich, kleinlich, ja verletzend. Wie eine Heilige haben wir die würdigste aller Priesterinnen der Kunst verehrt, so wollen wir auch ihr Andenken wahren und ehren wie das einer Heligen."

Die deutsche Liedertafel in Mexiko übernahm die Anordnung der Beisetzung. Den Zug eröffnete der mit vier Pferden bespannte Trauerwagen. Ihm folgte der Musikverein der Franzosen, dann die Mitglieder der deutschen Liedertafel, welche den mit Blumen geschmückten Sarg trugen. Der vom Sarge ausgehende Trauerflor wurde von vier Künstlern der Oper gehalten. Im unabsehbaren Zuge folgten die übrigen Leidtragenden, das ganze Opernpersonal, sämmtliche Mitglieder des deutschen Clubs, viele angesehene Fremde und die Mexikaner. Mehrere hundert Equipagen beschlossen den Zug, wie er so zahlreich noch nie in Mexiko vertreten gewesen, noch nimmer so feierlich gesehen worden. In der Kirche San Fernando ist der Sarg von der anwesenden Geistlichkeit und dem Opernorchester empfangen worden. Nach dem abgehaltenen Todtenamt stimmte die deutsche Liedertafel das Lied „O Sanctissima" an, und unter diesen Klängen wurde die Leiche in der Kapelle beigesetzt, wo sie so lange bleiben sollte, bis sich ein Schiff fände, das den Transport nach Europa zu übernehmen geneigt wäre.

Einen seltsamen Contrast zu diesem prachtvollen Leichenbegängniß in Amerika bildet die auf deutschem Boden im Marienthaler Kloster veranstaltete kleine Feierlichkeit bei der Beisetzung Gräfin Rossi's.

An einem klaren, sonnenhellen Maimorgen wurde der mit Kreuz und Lorbeerkranz geschmückte Sarg über den stillen einsamen Klosterhof in die Kapelle getragen und in die dunkle Gruft niedergelassen! — — Anstatt jener Tausende von Fremden, anstatt alles Luxus und Glanzes, anstatt der ganzen mexikanischen Geistlichkeit in der prachtvollen Kirche zu San Fernando, die kleine düstere Kapelle eines abgelegenen Klosters, am verwitterten Altare nur ein das Todtenamt verrichtender Geistlicher, — in den dunklen Betstühlen aber — eine Mutter, der Gatte, die Kinder und Brüder der Verstorbenen, und über dieser kleinen Welt von unnennbarem Weh und unsagbarem Schmerze, hinter den vergitterten Fenstern einer Loge in der Höhe der Kapelle, die einzige Schwester im Nonnenschleier! — —

Welches Begräbniß ergreifender gewesen, wo die Trauer erschütternder — ich glaube nicht nöthig zu haben, es anzudeuten.

Die Sängerin, die Künstlerin wurde in Mexiko,

— die Frau, Tochter, Mutter, Schwester in Marienthal begraben! — Ob sie nun auch in dunkler Gruft eines entlegenen Klosters den ewigen Schlaf des Todes schläft, — gestorben ist sie darum nicht, denn Henriette Sontag lebt in all den Herzen, die sie gekannt haben, und als leuchtender Stern wird ihr Name für ewig am Horizonte der Kunst strahlen.

Die
bedeutungsvollen Gedankenstriche.

In das gastliche Haus eines seit mehreren Jahren in Paris lebenden deutschen Edelmanns, Baron G**heim, ließ sich zu Anfang des Winters 1859 ein Franzose einführen. Der Geist und die Gewandtheit dieses jungen Herrn von F...au, der sehr gut deutsch sprach, gefielen dem alten Baron; er lud ihn ein, an dem Mittagessen Theil zu nehmen, das er an dem Tage gab. Herr von F...au stellte sich zur festgesetzten Stunde ein und fand, wie er erwartet hatte, nur Landsleute des Barons. Einige derselben erwiderten seinen tiefen verbindlichen Gruß so kurz und kalt, daß es Herrn von G**heim unangenehm auffiel und er sich über diesen Empfang in der Seele seines jungen Gastes verletzt fühlte. Er forschte leise und eindringlich bei einigen seiner nächsten Bekannten nach dem Grunde dieser Aufnahme und Rücksichtslosigkeit, und man flüsterte ihm zu: „Bester Baron, wie konnten Sie diesen Menschen einladen? Herr von F...au ist einer der schlauesten Spione, und wenn er öfter Ihr Haus besuchen sollte, so bleiben wir fort."

„Ein Spion!" rief der alte Edelmann entsetzt.

„Nichts anderes! Noch dazu der gefährlichste!"

„Was will ein Spion bei mir?"

„Sich wahrscheinlich über Ihre Ansichten in's Klare setzen. Man wird endlich erfahren haben, daß hier im Hause ein freies Wort, eine offene Meinung über den Kaiser geäußert wird, und ohne Zweifel sind unsere unbefangenen Urtheile von Interesse für Andere."

Der Baron ließ bei dieser Erklärung einen derben deutschen Fluch hören. Man gab ihm Winke, sich zu beherrschen, und er that es; doch als er sich von der Gruppe seiner Freunde trennte, sagte er ernst: „Herr von F...au soll sich nicht umsonst in mein Haus bemüht haben, und früher, als er es ahnt, über meine Ansichten in's Klare gesetzt werden."

„Nehmen Sie sich in Acht, er gehört zu der schlimmsten Sorte."

Der Baron lächelte fein. Während des Diners

sahen die Landsleute Herrn von G**sheim oft mit Schrecken das Gespräch eine Wendung nehmen, die eine Explosion herbeizuführen im Stande war, und geschickt wußte immer Einer oder der Andere die in deutscher Sprache geführte Unterhaltung in's Gleis der alltäglichen Lebensinteressen zurückzulenken. Der Wirth ließ es ruhig geschehen und war nie bemüht, ein gefährliches Thema festzuhalten. Sinnend blickte er aber einige Male vor sich nieder. Das Dessert kam, und Toaste wurden ausgebracht. Die etwas lebhafter werdenden Deutschen stießen jetzt, angeregt durch ihren Wirth, auf rein deutsche Interessen an, und auf deutsches Wohl wurde manches Glas französischen Weins geleert! — Nach dem freundlichen Lächeln zu urtheilen, das Herrn von F...au's Lippen umschwebte, schien er Alles äußerst natürlich und durchaus in der Ordnung zu finden. Er war ja in einer Gesellschaft, die nur aus Deutschen bestand. — Baron G**heim fixirte ihn scharf, und als der junge Franzose wiederum bereitwillig auf Etwas angestoßen, das gänzlich außer dem Bereiche seiner Interessen lag, rief er plötzlich verbindlich, sich mit leichter Verbeugung zu seinem neuen Gaste wendend: „Herr von F...au, wir sind nicht höflich gegen Sie, indem wir nur an uns denken! Nicht mehr als recht und billig wird es daher sein, auch Sie an die Reihe kommen zu lassen. Erlauben Sie mir, daß ich meinem und meiner Landsleute Dank für Ihre liebenswürdige Nachsicht Ausdruck gebe."

Der junge Franzose verneigte sich zustimmend; Baron G**heim füllte sein Glas und sich erhebend sprach er langsam nachstehende Worte, zwischen denen er zum Erstaunen seiner Zuhörer an Stellen eine kleine Pause machte, deren Sätze durchaus im Zusammenhange standen und wo ihnen eine Trennung als störend erschien:

„Es lebe weit und breit — Napoleon Deine Macht
Der Deutschen Einigkeit — werd' von der Welt verlacht!
Es steige mehr und mehr — Napoleons hoher Glanz
Der Deutschen Glück und Ehr' — umdunkle bald sich ganz!
Es leb' in voller Pracht — des Franzmann's kluger Krieg
Die deutsche Heeresmacht — bleib' ohne allen Sieg!
Gott sende Segen, Heil — Napoleon ganz allein
Auf aller Deutschen Theil — fall' Unglück nur anheim!"

Je weiter der Baron sprach, desto mehr umdüsterten sich die Züge der Deutschen und nur das Antlitz des Franzosen leuchtete von Freude. Als der seltsame Toast beendet, brach er in warme Dankesworte aus, während alle Andern stumm dasaßen, und schloß erregt: „O hätte ich diesen herrlichen Toast doch aufgezeichnet!“

„Wer weiß ob er Ihnen dann noch so gefiele, Herr von F...au! Geschrieben macht sich Dergleichen oft nicht so gut.“

„Doch, doch, Herr Baron! Er kann nicht dadurch verlieren.“

„Gut! Ich werde ihn aufschreiben.“

„Können Sie es — wissen Sie ihn noch?“

„Mein Gedächtniß ist ausgezeichnet, Herr von F...au.“

„Ich werde mich überzeugen, ob Sie wahr sprechen, denn bemerken würde ich das Geringste, das Sie ausließen.“

„Beunruhigen Sie sich nicht unnöthig, ich werde Nichts fortlassen und sogar die Pausen, die ich im Vortrage eintreten ließ, durch Gedankenstriche bemerkbar machen!“

Herr von F...au lächelte dankbar. Der Baron schrieb den Toast in zwei Exemplaren und reichte ein Blatt seinem jungen Gaste, das andere seinen alten Freunden.

Alle griffen eifrig darnach. Auf den ersten Blick,

den sie auf das Papier warfen, fiel ihnen die Trennung der zusammenhängenden Zeilen auf, und sie lasen jetzt den gutverdeckten schönen Toast auf ihr Vaterland:

„Es lebe weit und breit
Der Deutschen Einigkeit,
Es steige mehr und mehr
Der Deutschen Glück und Ehr',
Es leb' in voller Pracht
Die deutsche Heeresmacht,
Gott sende Segen, Heil
Auf aller Deutschen Theil."

Während sie lächelnd die Feinheit ihres Wirths bewunderten, hing das Auge des Franzosen wie gebannt an dem zweiten Theile der Rede, und mit sprachlosem Entsetzen las er:

„Napoleon, Deine Macht
werd' von der Welt verlacht!
Napoleon's hoher Glanz
umdunkle bald sich ganz!
des Franzmanns kluger Krieg
bleib' ohne allen Sieg!
Napoleon ganz allein
fall' Unglück nur anheim!"

„Die Gedankenstriche scheinen mir sehr bedeutungsvoll, Herr Baron!" rief Herr von F...au mit erzwungener Ruhe.

„Das pflegen Gedankenstriche gewöhnlich zu sein!“ entgegnete der Baron mit vollkommenster Fassung.

„Durch die Trennung der Sätze bekommt die Sache eine ganz andere Wendung!“

„Jede Trennung pflegt der Sache eine andere Gestalt zu geben. Nehmen Sie einfach mein schönes Vaterland. Was würde Deutschland sein, wenn es nicht getrennt wäre?“

„Dann wäre es Frankreichs Un — —“ Herr von F...au brachte diesen Satz nicht zu Ende. Die Gedankenstriche, die er, von plötzlicher Vorsicht erfaßt, im Geiste machte, waren auch bedeutungsvoll!

CPSIA information can be obtained
at www.ICGtesting.com
Printed in the USA
LVHW110107200422
716647LV00003B/93

9 783752 596298